物語更新理論
実践編
Narrative Renewal Theory: A Practice

片渕　悦久
Nobuhisa Katafuchi

学術研究出版

この本は、『物語更新論入門(改訂版)』に続く、文字どおりの「実践編」です。私と私の共同研究者が提案する「物語更新理論」を用いて、シェイクスピアやアメリカ文学の古典から、007シリーズ、B級SFパロディ映画、そして現代日本のアニメ作品まで、いろいろなタイプの物語に観察できる「更新」のありようをできるだけ柔軟にあとづけています。

　物語とはあらゆる可能性の総体です。さあそれでは、多様で豊かな物語更新の世界をいっしょに楽しみましょう。

＊この本は、日本学術振興会科学研究費補助金の助成を受けた、「認知物語論および可能世界論の統合の場としての物語更新理論の可能性の探求」(基盤研究C [2017-19年度]、科研費番号17K02660) の成果のひとつです。

We shall now look more carefully into what the storyworld is and how it is relevant to the creation of its mental image. The concept of narrative renewal accurately corresponds to this continuing process of the creation of storyworlds and their conversion into another narrative discourse via mental images. When recipients experience a given narrative, they cognitively decipher the narrative discourse manifested in whatever media or genres they are consuming to construct an ontological storyworld of that narrative that virtually subsumes all the events and existents belonging to it. In other words, recipients actively participate in that experience by conceiving a storyworld in their mind, and they can have access, whenever they like, to the mental image recalled from the memory of the narrative experience. If they are to further advance the process of encoding, they turn to and call upon the knowledge of the directly or indirectly related storyworld to shape it into a renewed narrative. The encoding process begins by invoking the mental image that is stored in our memory and ends when the new narrative discourse is newly enacted by the storyworld (or more specifically the mental image, out of which the storyworld is created). The process of decoding/encoding is reversible, and it develops in accordance with their choice of mental image(s) abstracted from the storyworld. Narrative renewal thus goes through the cognitive processes both of the recipients' decoding the text to construct its ontological storyworld that is represented as mental image(s) and their subsequent encoding of it into a renewed narrative.

    ---Nobuhisa Katafuchi, Hironobu Kamogawa, and Masafumi Takeda, "Toward a Theory of Narrative Renewal: Mental Image, Storyworld, and the Process of Decoding/Encoding" (Typescript)

目　次

はじめに　6

1　ニックの帰る場所 ―『華麗なるギャツビー』　14

2　アダプテーション、リメイク、リニューアル ―　34
　『ロミオ×ジュリエット』

3　パロディと物語更新 ―『スペースボール』　56

4　エイハブは死なず ―『白鯨』と『白鯨との闘い』　70

5　リメイクの諸相 ― 物語更新の境界領域　85

6　予型的なストーリーワールドの変換 ―　96
　『ウルトラマン Story 0』

7　メンタル・イメージとしてのボンドカー ―　111
　『007 カジノ・ロワイヤル』

8　ゴーレム、スーパーヒーローになる ―　130
　『カヴァリエ&クレイの驚くべき冒険』

9　拡大する／補完されるストーリーワールド ―　151
　『機動戦士ガンダム THE ORIGIN』

10　更新されるスーパーヒーロー──『マグマ大使』　163

11　物語更新は作者をどう投影するか──　178
　　『エブリシング・イズ・イルミネイテッド』

12　デコード／エンコードのプロセスについての覚書──　205
　　『おそ松くん』と『おそ松さん』

13　カヴァー曲とストーリーワールドの継承／共有──　224
　　『ワイキキの結婚』から『ブルー・ハワイ』へ

おわりに　244

引用・参考文献リスト　249

はじめに

　私たちのまわりには物語があふれています。それだけでなく、私たちが日々出会う物語の多くが繰り返し作り直され、再創造され続けてきた物語だということに気づかされることが何と多いことでしょう。こうした物語のそれこそ絶えることのない、多様な作り変えの現象を、私は「更新」と呼びます。この本は、物語がジャンルやメディアの変更によって別の物語へと更新されていく文化的な創作行為を理論化し、それを用いて考察を実践する試みです。ひと言でいうなら、物語の作りかえのプロセスや作りかえられた作品を、物語更新という新たな理論によって記述するのが最終的な目的です。まずは考察の手続きを手短に述べておきましょう。

　「物語更新」(narrative renewal)とは、あらゆる物語の創作行為のプロセス、あるいはそれにより継承的に生み出される作品そのものを指す用語です。物語更新の概念を簡単に定義づけると、物語の受容(reception)と創造(creation)の反復的プロセスということができるでしょう。物語更新には、物語言説(discourse)を受容することで物語内容(story)を解読するデコード(decoding)と、解読したストーリーから新たな物語言説を創造するエンコード(encoding)のプロセスがあり、そのプロセスは反復、継続的で、そこにはストーリーワールド(storyworld)の理解とメンタル・イメージ(mental image)の記憶と表象が関係してきます。物語更新理論は、そ

うした一連のプロセスを理論的に可視化し、以前から用いられてきたアダプテーションやリメイクの定義を整理します。それらの定義再考をめぐる考察にもっとも適した物語テクストを具体例として取り上げ、検討を加えていきます。そして、最終的にアダプテーションやリメイクと呼ばれる物語どうしが対話的に交錯する、あるいは相互補完的に作用する物語更新の理論的可能性についての展望をまとめるつもりです。

　ところで、リンダ・ハッチオンは『アダプテーションの理論』の中で、アダプテーションのプロセスには、「パリンプセスト的インターテクスチュアリティ」がともなう、つまり原作とその派生作品とは、羊皮紙に上書きされた字句と、表面を削られ再利用される前の文書のように、二重に受容される関係性にあると喝破しています。パリンプセストとはそのような上書きされた写本のことで、ハッチオンは比喩的にアダプテーションをパリンプセストとみなしているのですが、この点では、物語更新理論も同様に物語の受容／創作過程で作用するパリンプセスト的インターテクスチュアリティに注目しています。ただし、アダプテーションやリメイクなどソース・テクストからの更新が明確に認識可能な物語の作り変えだけでなく、一見関係性が薄いとみなされる物語どうしについても考察の射程に収め、同じ物語のヴァリエーションとして説明が可能な更新関係の解明をその目的とする点で独創的な理論体系なのです。

　物語更新の理論的な鍵となる概念のうちとくに重要なもの

は、すでに紹介しましたが、ストーリーワールドと、メンタル・イメージの２つです。物語の受容とは、受容者（読者、観客、ゲーム・プレイヤーなど）が物語言説（＝ディスコース）から物語内容（＝ストーリー）を内的に再構成する過程に相当します。ストーリーはディスコースの受容過程で生じる物語の抽象的全体像と定義づけられますが、物語更新理論では、これをたとえば構造主義物語論において位置づけられてきた従来までのストーリーの概念とは少し異なるとらえ方をします。ストーリーが物語の「何」（what）であることはよく知られていますが、これは時系列と因果関係にもとづいた物語の仮想的全体像のことです。しかし、このような物語が表象する世界で生起する事象の総体としてのストーリーは、実際には何らかの形式で記述されてはじめて具体化されることを忘れてはいけません。つまりストーリーはあらかじめ現前する実体ではなく、マリー＝ロール・ライアンも指摘しているように、あくまで私たちが物語を受容する過程でつくりあげる「認知的構築物」にほかならないのですが、そのことが構造主義物語論において考慮されることはほとんどありませんでした。

　「認知」という概念が出てきましたので、ここでこれに関連した物語論のひとつを紹介したいと思います。認知科学の知見を取り入れ、ストーリーが物語のディスコースを解読してはじめて認知可能な概念であることに着目する認知物語論という研究体系があります。では、物語の受容者がディスコー

スを解読して得る認知的な物語の全体像としてのストーリーは、具体的にどのような形でわれわれの記憶に刻まれるのでしょうか。別の言い方をすれば、物語内容をどのようにとらえることで、その抽象的全体像を具象化し、物語を経験したと認識するのでしょうか。こうした疑問は物語の内容面に相当する「ストーリー」の定義を修正する問題とかかわってきます。物語の経験は、その受容と創造の両方に密接に関係します。すでにみたように、物語の受容を裏書きするひとつの形がディスコースの解読によるストーリーの形成であるとしても、その具体的な解読行為、またその過程をつうじて得られる物語の経験や理解については、たとえば物語のあらすじを友人に語り聞かせる場合から、公式にアダプテーション作品を制作する場合まで、さまざまな事例が考えられます。

　ですが、いずれにせよ受容者は物語の経験を形にする際に、より具体的な形で物語世界の再現表象を可能にする存在論的構築物として物語をとらえることに変わりはありません。そうした物語世界の全容を、物語論の最新キーワードのひとつにならって、私はストーリーワールドと呼称するのです。ストーリーワールドとは認知物語論および可能世界論の知見から生まれた概念であり、おおまかにいえば、物語が喚起する世界、すなわち物語の事象、人物、背景、テーマなどあらゆる要素を統合した仮想の時空間です。ストーリーワールドは、物語内容を表すストーリーと同様に、物語の全体像を表す統合的概念ではあるのですが、ストーリーが時系列およ

び因果関係にもとづく諸事象の連続体を指すのに対して、ストーリーワールドは、私たちが現実世界を認識するのと同様に、あくまで存在論的な実体性をともなった全体像として物語の受容者に認知される「世界」なのです。

ストーリーワールドの概念は、物語の受容／創造のどちらの過程にも重要な役割を果たします。重要なポイントのひとつは、ストーリーワールドは物語ごとに想定されるのですが、同一とみなされる物語群にその全体あるいは一部分が共有される概念としても機能するということです。しかし概念化されるストーリーワールドの様態は受容者の反応により完全に同一のものとはならない可能性も当然あります。つまり受容者（あるいは創造者）が仮想的に構築する物語の全体像としてのストーリーワールドもまた、矛盾する言い方をするようですが、つねにその完全体が内的イメージとして呼び出されるわけではないのです。物語の受容者がストーリーワールドの記憶を呼び出そうとすると、どうしても断片的なものとならざるをえません。しかしその断片的イメージこそ、物語の全体像を受容者に喚起する力をもつものなのです。受容者の呼び出すこのストーリーワールドの代理表象的イメージを、物語更新理論ではメンタル・イメージと呼称します。ストーリーワールドは物語の主要なプロットもしくは主題的関心を構成するいくつかの場面等を表象するメンタル・イメージとしてのみ呼び出すことが可能となるのです。また物語が（再）ディスコース化される際にも、記憶から再現される

ストーリーワールドの概念、あるいはその代理表象機能をもつメンタル・イメージが関与します。物語更新は物語の受容にともなってつねに行われているのであり、更新された物語が実際に作品化されるかどうかは、要するに、単に頭の中で回想するか、誰かに物語を語ってきかせるか、あるいは公式アダプテーション作品を創造するかのちがいはあれ、メンタル・イメージをどれだけ具体的に新たな物語へと変換するかどうかにかかわる問題なのです。物語の記憶とはストーリーワールドの記憶にほかならず、それはつねにメンタル・イメージとして再活性化されるというわけです。

　理論的定義をもういちど確認しておきましょう。物語更新とは、受容者が物語のディスコースをデコードし、具体的にはメンタル・イメージとして記憶に保存したストーリーの全体像としてのストーリーワールドが、さまざまなメディアをとおして新たなストーリーワールドとしてエンコードされるまでのプロセスの反復なのです。ディスコースは受容者により解読され、そしてメンタル・イメージとしていつでも呼び出されます。この時点が次のプロセスのはじまりとなり、メンタル・イメージ化されたストーリーワールドは、新たな（または同一の）メディアによって創造される物語のディスコースにエンコードされます。メンタル・イメージを媒介としてデコード／エンコードのプロセスを繰り返していく物語を、蓄積される可能性の集合体と定義することが可能です。これを物語のマトリクスと呼ぶことにしましょう。つまり物

語とは、不特定多数の受容者の記憶に共有され、反復と変容の対話的関係のなかで永続的に更新され続けていく母体なのです。たとえば、『オズの魔法使い』はライマン・フランク・ボームが1900年に発表した児童文学作品ですが、その後ボームやその他の作家により数々の続編が発表されていきました。したがって言語メディアの小説ジャンルだけでも数多くの『オズ』関連の物語があるのです。これにその他のメディアで制作された物語を加えていくと、それこそ無数の派生的物語が存在することがわかります。たとえば『オズの魔法使い』の最初の公式アダプテーションは1902年に上演されたミュージカルであるといわれていますが、もっとも有名なアダプテーションといえば、言わずと知れた1939年の映画『オズの魔法使』でしょう。その他非公式な続編やリメイク、パロディ等の作品をたどっていくと数限りないくらい多くの派生作品が存在するのですが、中でもグレゴリー・マグワイアの書いた前日譚またはアナザーストーリーにあたる小説『ウィキッド』、またこれにインスパイアされた同名のミュージカル・アダプテーションです。また最近の『オズ』関連の物語更新といえる『オズ　はじまりの戦い』にも言及しないわけにはいきません。この2作品は文字どおり映画版『オズの魔法使』の前日譚に位置づけられる物語ですね。『ウィキッド』や『オズ　はじまりの戦い』についてはすべて『オズの魔法使い』という物語のマトリクスに集約可能なのですが、それですべての『オズ』にまつわる物語が完結するというわけ

では決してなく、これからもそのマトリクスに加えられる物語がそれこそ無限に創造されていくことでしょう。『オズの魔法使い』の最近の派生作品のうち斬新な更新がなされているものを少し紹介しておきましょう。ダニエル・ペイジが2014年から17年までに発表したヤング・アダルト小説シリーズ、『ドロシー死すべし』、『悪しき魔女立ち上がる』、『オズの最期』などは、オズの国の設定を一部引き継ぎつつも、これまでにないさらにもうひとつの物語的可能性を追求した大胆な物語更新のひとつといえるでしょう。さらにこのシリーズはテレビドラマ化の計画もあるそうです。テレビドラマといえば、2017年1月からアメリカNBCで放映された『エメラルドシティ』（第1シーズン10話が放映）も、そのタイトルからもわかるとおり、『オズの魔法使い』を下敷きにしたファンタジー・ドラマです。これだけ多様な派生作品をみると、ひとつの物語が創造しつくされるなどということはないようですね。

　繰り返しますが、更新される物語とは実現される可能性のひとつにすぎません。物語更新とみなすことのできる物語の創作は、可能性の集合体として蓄積される物語のマトリクスの発現形態のひとつであるといってもいいのです。ストーリーワールドやメンタル・イメージの保存には、物語内容の追加や、強化、あるいは消失さえともなう可能性もあります。ただし、たとえば物語内容の消失とはいっても、永遠にそれが失われるということではなく、受容者によるストーリー

ワールドとメンタル・イメージ形成の条件によっては、たとえば直近の物語テクストではなく、過去のテクストを受容するなどして、一度は消失した物語の設定や内容などが、メンタル・イメージから新たなストーリーワールドが構想される更新のプロセスを経て、ふたたびその姿を現すということも想定されます。繰り返し作り直されつづける物語から私たちが読み取らなくてはいけないのは、形を変えながらも反復して現れるメンタル・イメージの痕跡なのです。こうしたメンタル・イメージの痕跡を手がかりにして、私たちは物語更新をあとづけていくことができるのです。

　さあ、物語更新についての理論的な説明はこれくらいにして、ここから先は更新をめぐる具体的な事例の紹介と、それについての理論の実践を進めていきたいと思います。

1. ニックの帰る場所 ──『華麗なるギャツビー』

　『華麗なるギャツビー』といえば、いうまでもなくアメリカ文学を代表する作家のひとり、フィッツジェラルドの名作ですね。1925年に発表されたこの作品は、映画や舞台などこれまでいくどとなくリメイクされたり、派生作品がつくられたりしています。とりわけ複数の優れた映像化作品が制作されてきたことはよく知られているところです。1920年代に早くも映画版アダプテーションが作られているのですが、その後も1940年代に1本、70年代、2000年代にも映画版がリメイ

クされ、2010年代になっても新たに映画化されるなど、その人気は衰えていないようです。その中からここで取り上げたい映画版が、ジャック・クレイトン監督による1974年の映像化作品『華麗なるギャツビー』、そしてバズ・ラーマン監督による2013年の映画アダプテーション『華麗なるギャツビー』です。この２作品にとくにこだわる理由は、もちろん一般的にもよく知られた映画版であるということはいうまでもありませんが、何よりもこれら２つの映画アダプテーションが、映画という視覚／音声にもとづいて物語の受容者に直接的に物語経験を知覚させるメディア的特性を生かしながら、フィッツジェラルドの原作に対して、それぞれ異なった物語更新的スタンスをとっていることが明確だからです。以下では、『ギャツビー』をめぐるそれぞれのアダプテーション作品どうしの関係性を探ることで、両者がたがいに単なるリメイクの概念では説明しきれない何らかの更新関係にあることを観察してみたいと思います。

　では、まず物語のあらすじをまとめることからはじめましょう。ときは1920年代のはじめのこと。中西部の出身で、第１次世界大戦に従軍した後にイエール大学を卒業し、故郷へと戻っていたニック・キャラウェイは、田舎の平穏ではあるが孤独な生活に満足できず、ニューヨークの証券業界で働くために、ロングアイランドのウェスト・エッグに住みつきます。対岸のイースト・エッグにはまたいとこのデイジーが夫のトム・ブキャナンと豪邸生活を送っています。ニックは

ブキャナン夫妻と交流を深め、デイジーの友人で女子プロゴルファーのジョーダン・ベイカーとも知り合います。派手な付き合いのなかで、ニックはトムが自動車整備工場主のウィルソンの妻マートルと不倫している事実を知ります。やがてニックは、隣家で夜ごと盛大なパーティを催すジェイ・ギャツビーという謎めいた男からパーティに招待されます。怪しい噂の絶えないギャツビーには、心に秘めた想いがありました。それは青春時代に愛したかつての恋人デイジーを取り戻すというロマンティックな夢でした。ニックが間に入り仲をとりもつことで、ギャツビーはデイジーと再会を果たし、失われた過去を取り戻したかのように、２人はつかの間の許されざる逢瀬を重ねます。しかしデイジーは人妻であり、ギャツビーとの関係は不倫以外の何ものでもありませんでした。デイジーの愛を確信しているギャツビーは、ブキャナンと直接話し合うことで、愛なき夫婦関係に決着をつけようとしますが、巨万の富を築くために行った密造酒の不法売買などの悪事に手を染めているとトムから暴かれ、それを知ったデイジーの心は揺らぎます。破天荒な生活の先にあるはずの夢は結局挫折に終わります。ギャツビーの車を運転するデイジーが偶然にもマートルをひき殺し、デイジーをかばったギャツビーが逆上したウィルソンに射殺されてしまうのです。あっけなく幕を引かれた夢と挫折の一部始終に立ち会ったニックは、ブキャナン夫妻の無責任さに怒りを覚えながら、時を経て、ギャツビーの波乱に満ちた短くも濃密な生涯に想いを馳

せていたのです。

　以上が物語の要約ですが、結論を先にいうと、2つの映画アダプテーションは基本的にこの原作小説の物語内容をなぞる形で展開する点で共通しています。しかしこれら2つのアダプテーションは単純なリメイクということでは説明しきれない物語更新を実行しているのです。そこで、『ギャツビー』の原作小説と2つの映画アダプテーションとの相互関係にみえてくる物語更新を観察するために、考察の前提としてどうしてもおさえておきたいポイントを整理しておこうと思います。それは、フィッツジェラルドの原作小説において、ニック・キャラウェイが一人称の語り手として物語内容とどのようにかかわっているかについてです。というのも、語り手ニックの位置づけを、2つの映画アダプテーションは異なる形でとらえているからです。以下では、まず原作と2つの映画アダプテーションが物語言説と物語内容の関係を異なる形で表現していることを、例証的な箇所を分析することで解明し、次に物語中から1つの場面、具体的には物語の焦点人物ギャツビーとニックが初めて顔を合わせる場面を選び、原作と両アダプテーションが、その場面を視点や語りとの関連でどのように表現しているのかを比較検討してみます。

　フィッツジェラルドの原作が一人称の回想体であることは、あらためて確認するまでもないでしょう。キャラクターが語り手を兼ねる一人称体物語の前提として、ギャツビーの言動や心情はあくまでニックの知りえた範囲で、読者に提示

されます。したがって、物語を統御する世界観はニックのものであることに疑いの余地はありません。『ギャツビー』を映像化する場合、こうしたニックの主観的世界観をどう表現するかが問題となることは、容易に理解できるでしょう。実は、ここでは詳細に取り上げませんが、『ギャツビー』の初期の映画アダプテーションの中では、こうしたニックの微妙な物語的位置づけは基本的に問題とされず、それどころか物語はもっぱらギャツビーの物語とされているのです。おそらく語り手であり登場人物でもあるニックを映像化したときの物語的位置づけに困り、その問題を意図的に回避したか、それとも回想の枠物語など意にも解さなかったのか、それはわかりません。しかし、少なくともここで取り上げる『ギャツビー』の映画アダプテーション2作は、ニックの観察した世界が物語として叙述されるという、原作小説の基本的構造を前提として物語を更新しているといえます。ところが、ニックがいったいいつ、どのような物語的状況において過去の出来事を回想し叙述しているのかについては、原作と2つのアダプテーションはそれぞれ異なったとらえ方をしているのです。たとえば、小説冒頭のあまりにも有名なニックの語りの言葉をどちらの映画版も取り上げていますが、それをどのように物語内容と関連づけるのかについては違いがみられます。まずはこの一節を引用して、それらが映画版でどのように作り変えられているかを考察してみることにしましょう。

僕がもっと若く、傷つきやすかったころ父親が助言をくれたのだが、僕はそれ以来ずっとそのことについて思いをめぐらせている。
　「誰かを批判したくなったときはいつでも」、父は僕に語った、「よく覚えておくがいい、この世の中の人々がみんな自分のように恵まれてはいないということを」

　ここでのニックの叙述は、物語の基本的世界観や価値観を凝縮していますが、重要なのはそのことだけではありません。原作小説での語り手ニックの回想は、言語メディアによる小説ジャンルの叙述がもつ独特の表象効果から読み取れるものです。これを２つの映画アダプテーションがどのように作り変えているかを考察することは、映画版『華麗なるギャツビー』の物語更新を知るために必要なことです。1974年版、2013年版の映画アダプテーションはどちらも、フィッツジェラルドの小説のリメイクであることを確認するかのような忠実さで、しかもニック役の俳優が画面外の声による朗読、いわゆるボイスオーバーの形でこれを再現しているのです。このことは物語のトーンを決定する重要なパッセージとして、おそらくこの作品の派生作品がすべて無視できないものであることを証明していると考えていいでしょう。
　ただ、すでにふれましたが、ニックがいつこの語りを行っているのかは、実ははっきりしないまま物語ははじまっているのです。原作のニックと物語との時間的関係を、読者が明

確に知る手がかりは、探そうとしてもあまりないのです。なるほど、ニックの語りを詳細に検証してみると、そこから彼の語りが作り出す物語言説の時間と、それによって浮かび上がってくる物語内容の時間との関係性をおおまかには判断できますが、それがいつなのかはっきりとはわかりません。もっとも、物語内容の時間が言説の時間よりもどれくらい先行しているのかを、ニックの語りから読み取れる箇所がないわけではありません。たとえば冒頭の第1章で彼は、「昨秋東部から戻ってきたときに」、と語っています。また結末部にあたる第9章でニックは、「2年がたった今、あの日にその後起こったことを思い出してみると」とも言っています。こうした部分から推量すると、物語内容がこの小説の世界で実際に起こってから一定の時間が経過していることは判断できます。つまり、物語内容が1922年のひと夏の出来事に限定されていることから考えると、ニックは少なくともこの年の冬以降、おそらく1924年の終わりにかけてこの物語を叙述しているのではないかとわかってくるのです。

　結論を先にいうと、こうした物語の語り手としてのニックの位置づけを、1974年版、2013年版の2つのアダプテーションは異なるとらえかたをしており、それがそれぞれの物語更新の違いを明瞭にしています。ニックの語りの土台となっている過去の回想の焦点は、原作の叙述によれば、ひとえに「この本にその名を冠する男」、つまりギャツビーその人にあることはまちがいありません。ここから、ニックは漠然と過去

を回想しているわけではなく、何というかもっと戦略的に、みずからが紡ぎ出す物語テクストの存在を何らかの形で意識していることが確認されます。端的にいうなら、ニックは回想物語の作者なのです。ただし、原作小説の叙述そのものからは、ニックが作者然とした態度をとりつつも、どの程度一人称語りを具体的な創作行為と結びつけてとらえているのか、あるいはそのような作者的な役割を作者フィッツジェラルドから付与されているのか、はっきりと判断することはできないのです。

　フランシス・F・コッポラ監督が脚本を書いたことで知られる1974年版『華麗なるギャツビー』は、原作小説が本質的に物語の前提としている回想体を、登場人物ニックのボイスオーバーとして表現しています。ボイスオーバーは映画において古典的な技法ですが、いっぽうでこうしてニックが画面外から語ることが、かえって物語言説空間の所在を不明確にしているといえます。というのも、映像的に回想される物語内容からどれだけの時間が経過して彼は語っているのか、たとえばそれが数か月後、あるいは数年後なのか、原作小説以上にはっきりしません。映画はノスタルジックな劇伴音楽に導かれる静かなオープニング・クレジットをへて、本編へと入っていきますが、このオープニングは、物語内容となる出来事がすべて起こった後、時を経て今は空き家となったギャツビー邸の映像に、かつてのパーティの喧騒を音声で重ね、そこにさらにいかにも過ぎ去りし日々の郷愁的な回想へと

いざなうような楽曲をあわせることで形成される導入部であることに注目しなくてはいけません。これに続いてニックの語り、「僕がもっと若く、傷つきやすかったころ……」が聞こえてくるのですが、ニックを演じるサム・ウォーターストンの声でサウンドトラックに挿入された語りとは裏腹に、映し出される映像は、デイジーの屋敷を訪ねるためにどこか不器用そうにボートを操るニックの姿です。ここで画面外のモノローグを展開させているのは、映し出されているキャラクターのニックなのでしょうか。それとも、あくまで後年の語り手としてのニックなのでしょうか。原作にもとづいた語りが展開されることを映画の受容者が知らなければ、おそらくキャラクターのニックのモノローグと誤解しても不思議ではないでしょう。もちろんオープニングで映像化されているニックは、トムの屋敷に向かっているのですから、後に彼や親友ギャツビーに起こる出来事を知るはずもありませんので、語りの声はこの時点での彼のものではないことは明白なはずですが、これを語り手としての彼の言葉であるとはっきり理解するためには、繰り返しになりますが、オープニングの映像がすでに過去のものであり、それもまたニックの回想の一部に含まれていることを把握することが条件となります。そうでなければ、物語の受容者は、1974年版がニックの回想体にもとづいているとは思わないまま、彼のモノローグをキャラクターとしての内的思考と同一視してしまうでしょう。クレイトン監督の演出は、物語内容のシークエンスをで

きるだけ忠実に映像化する点に重きを置いているようですが、その反面語り手としてのニックの微妙な立ち位置については、十分に掘り下げていません。映画の受容者は、先行してフィッツジェラルドの原作小説を知っている、あるいは映画を見た後に原作を読むという経験をもたなければ、そのことに気づくことはないでしょう。

　もちろん、ギャツビーをめぐる出来事のすべてを物語っているのは、回想するニックにほかならず、1974年版でもその設定は維持されているといえます。ですがそこには焦点があたっていないために、キャラクターと語り手のモノローグが区別できない状況が生じてしまうのです。もしかすると、そもそもこの映画版はキャラクター・ニックと語り手ニックとの区別をあえて問題にしないことを物語更新のポイントとして選択したと考えることができるかもしれません。あるいはそうした設定の更新を物語の受容者に求めているのではないでしょうか。だとすれば、視聴者である私たちが物語言説と内容とを混同してしまいがちになったとしてもそれは当然のことなのです。1974年版映画本編は、ニック視点の一人称語りを置き換えた客観的映像というより、ボイスオーバーを使うことで、語り手ニックとキャラクター・ニックの距離を縮める、もしくはまったく同一化して提示しているようにさえみえます。むしろ語りの現在と回想される過去の物語の距離をなくすことにこそ、1974年版映画アダプテーションの独自性を求めるべきでしょう。それによって得られる物語の経験

は、映像メディアであるゆえに直接的に受容者の知覚に訴えかけるものであり、だからこそそれが遠い過去の回想ではなく、まるで永遠の現在であるかのように物語の受容者に訴えかけてくる効果が生まれるのです。概念的な言語メディアよりもはるかに知覚に訴えかけてくる視覚メディアが、視聴者に直接的な物語経験をより簡単なかたちで与えてくれることをあらかじめもくろんだ物語の更新であるといえるのかもしれません。

では、そのあたり 2013 年版『華麗なるギャツビー』の場合はどうでしょうか。1974 年版でクレイトン監督は、回想な部分を可能な限り希釈し、物語の永遠の現在性を前面に出す演出をめざしたとしたら、2013 年版のバズ・ラーマン監督による演出は、ニックの語りが作り出す物語言説空間をより明確に表現する点に、その独自性を見出すことができます。さらには、回想によってよみがえる物語内容を、ニックの語りへの関与を可能な限り前面に出すことでリメイクした点に、その特質を集約することができるでしょう。とはいえ、派手で過剰または時代錯誤的な劇伴音楽、古典的なアダプテーションを好む向きにはいささか辟易してしまうくらいの演出に満ちた 2013 年版ですが、よく観察してみると、驚くほど原作に忠実だということもわかります。それだけでなく、先行する 1974 年版に対しても、屈折した形ではありますが、オマージュ的スタンスを担保しているといってもいいかもしれません。とりわけラーマン監督の実践する物語更新がユニークだ

といえるのは、単に先行するアダプテーションで掘り下げられていなかった部分にあえて焦点をあてるだけではなく、原作においてさえ明確には言及されていなかったニックの、時系列的には原作小説の物語言説にも含まれてはいなかった後日譚に関して、きわめて妥当かつ創造的な物語設定の追加を行っている点でしょう。たとえば、ニックは一連の物語的出来事を経験した後にアルコール依存症となり、中毒症状の治療のために療養所を訪れており、精神科医とのセッションを繰り返していること、またその過程で、彼の周りで起こった出来事を備忘録あるいは手記として書き留めることを医師から提案され、その提案にもとづいて彼が物語を書いていることは、これまで一度も物語化されることのなかった設定です。

このように、2013年版では、物語世界の外側にいるニックの「現在」がフレーム・ナラティヴ（枠物語）として明確に設定されているのがもっとも重要な特徴のひとつです。もっともニックが単なる一人称の語り手ではなく、物語作者にも相当する役割を担っていることは、原作小説に、その起源をたどることができましたね。実際ニックが手記をしたためていることを暗示するかのように、たとえば、第3章の終わり近く、「ここまで書いてきたことを読み返してみると……」という記述があります。もちろん、ここからニック＝作家とするのはあまりに単純な読み方でしょう。これに対して2013年版の劇中冒頭では、ニックによるやはり原作小説の冒頭部を

継承するパッセージを再現しながら、それがそのまま彼の作者性を担保するように更新されています。具体的にみると、叙述するニック役のトビー・マグワイアの語りの声とともに、精神科医のカウンセリングを受ける姿が映し出されます。映像を確認すると、医者の手書きのカルテから日付が「1924年」あるいは「1929年」とも見えますが、いずれにせよ「12月1日」であることがわかります。ここから、物語内容と言説との時間的関係を読み取ることができます。「書くことの癒し」を勧める医師の助言にしたがって、ニックはカウンセリングで彼が語った内容を手記として残していくのですが、これが最終的には映画で再現された物語内容となるのです。「大学時代は作家志望であった」とみずから明かすニックの手記を枠物語として強調することで、回想録としての物語の特質を裏書きするだけでなく、キャンディス・アーシュラ・グリッソムも指摘しているように、フィッツジェラルドの伝記的事実との結びつき、ニックと作者フィッツジェラルドを限りなく同一化する試みが実践されているのです。

　ここまで原作小説の冒頭部を、2つのアダプテーションがどのように物語更新しているかを、それぞれの物語言説上の特質と結びつけながら考察してきました。おおまかにまとめると、次のことがいえるでしょう。1974年版は、原作の物語内容をていねいに再現していますが、語り手ニックとキャラクターのニックとの区別が不明確で、物語を永遠の現在として映像表現していることは特筆に値しますが、過去と現在を

結びつける物語の奥深さが表現しきれていません。これに対して2013年版は、特殊効果を使った派手な映像や、時代錯誤なヒップホップの音楽などもときにまじえた演出で、物語内容が表出するジャズエイジの時代性をきわめて独創的に表象するなど、ラーマン監督らしい過剰な演出に満ちており、原作との比較で否定的にとらえたくなる面もあるのですが、回想（つまりみずから手記を執筆）するニックを枠物語として設定することを、原作では触れられていない物語的可能性のひとつとして選択し、原作における語り手ニックと物語内容とがもっていた距離感を絶妙に表現できています。1974年版があえて語り手ニックとキャラクター・ニックの区別をなくすことで物語を再創造していたのに対して、2013年版は、「回想する」、いや「執筆する」ニックを前面に出すことで、むしろ明確に過去と現在の間に距離をつくり、過去を過去として記憶に封じ込めることで、心の癒やしと自己回復をえるニックの姿を浮き彫りにし、それにより、『ギャツビー』という物語の新たな可能性を再創造しているのです。

　ここで確認しておくべきことは、原作と後発するアダプテーション2作品との相互関係です。もちろん2013年版はフィッツジェラルドの小説のみを原作と表記しており、その限りにおいては先行する1974年版のことは考慮されていないように見えるかもしれませんが、だからといって原作とアダプテーションとの間に一対一の関係性以外のものはないとは言い切れません。後発のアダプテーションは先行するアダ

プテーションと決して無関係に創造されるわけではないのです。物語の更新は先行するあらゆる物語との意味生成の相互作用をともないながら実践されるからです。2013年版『ギャツビー』は、あらかじめ1974年版を物語的可能性のひとつとして受容していることを前提に創造されていると考えるのが、物語更新理論の基本的な見解です。2013年版は、先行する1974年版をオマージュしつつ、ときにそれを修正するというスタンスを内包しているのです。こうした物語更新の特質を端的に例証する作中場面をひとつ、以下では取り上げてみることにしましょう。それは主人公ギャツビーの登場場面、つまりニックが初めて彼と顔を合わせる場面です。

　小説第3章でそれは叙述されます。ニックは、ギャツビー邸で夜ごと催されるパーティに思いがけず招待されます。喧騒に満ちたパーティのさなか、テーブルに居合わせた「年のころならぼくと同じくらいの男」をギャツビーその人であるとニックは気づかず会話を続けます。そして、招待状を受けたという話をきっかけに、ギャツビーから自己紹介され、不意を突かれたニックは驚き慌てます。この場面を引用してみましょう。

　　一瞬彼は理解しかねたかのように私のことを見た。
　　「私がギャツビーなのですが」、不意に彼はそう言った。
　　「何ですって！」私は声を上げてしまった。「これは、どうも失礼しました」

「ご存知かと思っていましたよ。どうも私はあまり優れたホストではないようですね」。わかってくれているように彼は微笑んだ——いやわかってくれているというだけでなく、それ以上に何か果てしなく安心させてくれるような稀な微笑だ。こんな微笑に出会えることなど一生のうちに4、5度あるだろうか。その微笑は、この世界全体に一瞬だけ向き合い——あるいはそのように見えただけなのかもしれないが——そうしておいて、抑えられないえこひいきで『自分』のことに集中してくれるようなものだった。それはまさに理解されたいだけ理解してくれる、信じてほしいだけ信じてくれる、そして伝えることができればと思うままの自分の印象を伝えられていると安心させてくれるような微笑だった。

　あまりにも唐突なギャツビーとの出会いにすっかり不意をつかれたニックですが、すぐにギャツビーの「微笑」に魅了された様子を克明に記録しているのです。2つの映画版は、この場面を異なる形でとらえ直しています。1974年版映画では、このあたりの物語のシークエンスがそもそも原作とはまったく異なった場面として描かれています。パーティ会場で孤立していたニックは、ギャツビーから彼の私室に呼び出されます。ニックはギャツビーと彼の部屋ではじめて顔を合わせるのです。これは、原作にはない新たな解釈です。ギャツビーが、豪勢で無軌道なパーティからうかがいしれる羽振

りのいい派手な男ではなく、謎めいた孤高な人物であることをより印象づけるような演出です。これだけでもユニークな物語更新といえるのですが、さらにこの場面が特徴的なのは、ギャツビーの「微笑」のとらえ方です。なるほど、ギャツビーがこの場面でやはり微笑むことは映像的に確認できるものの、それが原作小説にあるような、「わかってくれているような」（英語では understandingly）微笑なのかは判断がつきませんし、どちらかというと、はにかんだような、ナイーブなものに見えます。それに、ギャツビーの「微笑」がニックに与えた影響についても、これを説明するようなニック自身のモノローグもありませんし、また映像表現そのものからも計り知ることはできません。

　これに対して2013年版では、原作小説と同様に、パーティの喧騒の中で、ニックがギャツビーと気づかずに言葉を交わす場面があります。ただし、テーブルに相席という形をとってはいません。いきなりギャツビーに自己紹介され、ニックがうろたえるというおおまかな物語のシークエンスは同じなのですが、出会い方がはるかに劇的に演出されているのです。このあたりの展開は、まるで私たち視聴者自身がギャツビーと相対しているかのように、ニックの視点に映像をシンクロさせた形に演出されているのが特徴です。これはもちろん原作とも、また1974年版とも異なる場面です。1974年版はギャツビーの孤高な神秘性をより強調すべく、彼をパーティの喧騒から切り離し、ニックと2人きりで対面させると

いう物語更新を選択し、それにもとづいた演出を行っています。これに対して2013年版は、むしろある意味で原作での対面シーンを映像的に再現し、これをより大胆に作り変えることによって、ギャツビーの「微笑」を最大限に強調する演出を選択したのです。しかも、原作にあったニックのボイスオーバーによる「わかってくれているような微笑」のくだりを挿入することも忘れずに。ちなみに、2013年版でギャツビーの部屋に呼ばれるのはジョーダンであり、意外に思われるかもしれませんが、これも原作により近い物語更新となっています。ついでながら、ギャツビーの部屋に1人呼ばれたジョーダンが伝え語ることによってニックがギャツビーにまつわる5年間の謎についての話を知るという原作のシークエンスも、基本的にそのままに、2013年版でも、ジョーダン経由でニックがギャツビーにまつわる謎を知ることになります。

　以上のように、『ギャツビー』の2つの映画アダプテーションは、原作小説をもとに独自の解釈とそれを土台にした演出を加え、新たな物語として再創造しています。あくまで個人の感想ですが、抑制のきいた映像表現で全体的に原作の雰囲気を再現することに努めているのは1974年版であるように思いますが、細かい部分まで原作をふまえているのは、むしろ過剰な演出を繰り出す2013年版のほうであるように思われます。もちろん、1974年版、2013年版のどちらがフィッツジェラルドの原作により忠実なのかという問題は、いくらつ

きつめて考えてみても無意味な議論を生むだけでしょう。原作とアダプテーションとの物語言説上の特質や、言説的効果により紡がれた物語内容を比較することは考察の手続きとして必要なことではありますが、だからといって特定の物語更新にのみそうした比較を行い、それに当てはまらない事例を否定する理由などどこにもありません。

　残された問題は、回想するキャラクターであるニックを物語伝達の媒介者とみなすか、あるいはより主体的に物語テクストの書き手であるとみなすかということになりますが、そうした問題は、どちらも物語の潜在的可能性としてありえるということです。『ギャツビー』の２つの映画アダプテーションは、異なる物語の可能性をそれぞれ選び、それにともなって物語言説をめぐるニックの語りの状況を新たに創造することで、別々のストーリーワールドを確立したのです。さらに、フィッツジェラルドの原作小説から派生して生まれたこうした新たな２つのストーリーワールドは、原作のストーリーワールドとの関連を保ちながら、ときにそれに依拠し、あるいは新たな解釈を具現化する形で、あいまいだったニックの語りの行為にまつわる物語的状況をそれぞれに明確化しているのです。簡単にまとめるなら、1974年版ではニックの回想行為を、ボイスオーバーによるモノローグをともなう音声／映像メディアの特性をいかし、物語の受容者に出来事の追体験をいざなう物語言説へと置き換えることで、また2013年版ではニックによる回想録の執筆という物語世界外の事象を

追加することで、『ギャツビー』の物語更新は行われてきたのです。

　映画にとって映像はもちろん物語言説の一部です。しかし映画をみる私たち物語の受容者は、それを物語内容と同一化して考えてしまいがちです。物語言説をデコードして物語内容を理解する際に、私たちは物語の受容をつうじて知覚した映像表現を、物語内容の理解や記憶に利用するからです。小説を受容するときのように、物語言説から言語媒体としての記号を解読し、物語世界を概念化することで、物語のメンタル・イメージを作るのとは異なります。1974年版『華麗なるギャツビー』はこの点を例証していると結論づけていいでしょう。私たちがここでのニックの語りをキャラクターとしての彼のモノローグに帰属させ、後年の回想的な語り手としての彼の言説に帰属させないのは、ひとえに映像表現がそのことを前景化し、ニックの体験を私たちも現在進行的に追体験することを強調しているからなのです。2013年版はその方向性をそのまま踏襲するのではなく、あえて原作の設定に立ち返り、物語として展開する出来事が回想であることを強調することで、さらには原作ではそれほど強調されてはいなかった書く主体としてのニックの物語言説的状況を明確に表現することで、ギャツビーの生きた過去と今を生きるニックの現在との距離感を前景化しているのです。1974年版では過去に生きるニックが物語の受容者に印象づけられ、2013年版では過去の清算のためにもがく現在の彼の姿をつねに私たち

に意識させるように物語が編制されているのです。そうした強調点の違いに応じて、ニックとギャツビーのかかわり方についても異なる表現が可能だということを、2人の初対面の場面が例証していたのです。

　同一の物語から派生した複数のアダプテーションは、異なる物語のあり方を提示します。しかし、こうした異なりはアダプテーションの作り手、すなわち物語の受容者／創造者が新たに生み出したものではなく、物語がもともともっていた可能性の異なった現れにほかならないと私は考えます。『華麗なるギャツビー』の場合、少なくともここで取り上げた2つの映画アダプテーションを考察する限り、これまでのところ極端な物語更新といえるものはないようですが、今後より大胆な更新が行われる可能性がないとはいえません。むしろそうした可能性は理論的には無限にあると想定されます。そのとき、『華麗なるギャツビー』という物語のマトリクスは、それまでとまったく異なった物語的可能性を可視化して見せてくれることでしょう。

2. アダプテーション、リメイク、リニューアル ──　『ロミオ×ジュリエット』

　メディアやジャンルを問わず物語が更新される現象とそのプロセスを考察することが物語更新理論の目的です。それを用いて具体的事例研究を実行する際に付随する重要なポイン

トのひとつが、物語が作り変えられるという現象そのものに対して具体的にどのような理論的アプローチをし、またそれを土台にどのように実証的な考察を展開させていくかであることはまちがいありません。そうした理論展開を模索する上で、格好の材料となるのが、リメイクとアダプテーションと一般的あるいは学問的に呼ばれる物語の作り変えの現象です。リメイクやアダプテーションは、そうした物語更新の実践を言い表す用語ですが、その定義上の識別が問題となるのは、これらの用語が同じ現象を表し、理論的に運用するには意味上の差異が不明確だからです。以下では、あいまいなこの２つの用語の区別について建設的な提案を行いたいと思います。なお用語の混同を回避するため、以下レイチェル・キャロルによる区別のしかたにならって、アダプテーションあるいはリメイクの素材となる作品（いわゆる原作や原案と称される物語）をソース・テクスト（source text）、アダプテーションあるいはリメイクされた作品をリワークト・テクスト（reworked text）と呼称することにしましょう。

　さて、リメイクとアダプテーションを具体的にどう区別すればよいでしょうか。映画などにおいてリメイクという語を用いるときには、先行する作品を素材に新たに作り直すことを指します。最近では、「リブート」（reboot）という語も使われますね。もちろんこの場合は、単にリメイクするだけでなく、物語的設定をすべて一から仕切り直すことを意味しますが。ただいずれにせよ、そうするとリメイクの概念が、従来

「翻案」とも訳されてきたアダプテーションと意味的に重複というか区別しにくくなってしまします。またソース・テクストを作り直すという意味では、リメイクのほうが一般的にアダプテーションより多く使われることはまちがいありませんが、学術的にはむしろ逆で、両者の明確な境界線は定まっていません。両者は明確な区別なく用いられ、定義上の明確な識別を行うことが、リメイクを研究の主題として扱うものを含めたアダプテーション研究や、あるいはメディア理論や物語論との関連性をもった研究のいずれの分野においても十分になされていないというのが理論的現状です。詳しくは、ブルーン（2013）、キャロル（2009）、フォレスト（2002）を参照してください。

　こうした現状をふまえ参照すべき文献としてあげられるのが、『メディア＆映像研究ハンドブック』です。この用語集を参照すると、アダプテーションとリメイクについて以下のような定義が与えられています。アダプテーションは、「元のストーリーの素材を別の目的や媒体のために改作すること」。これに対してリメイクは、「古い映画の新たな解釈」となっています。さらにリメイクの目的として次の4点が指摘されています。(1)「古い映画の新たな解釈」。(2)「進歩したテクノロジーの利用する」こと。(3)「新たな観客にストーリーをもたらす」こと。(4)「原作の場所設定の変更、またはジャンルの変更」。なるほど、これなら2つの用語の差異が明瞭になったと思われるかもしれませんが、実際にはそれほどはっきりと両

者が区別されているわけではありません。

レイチェル・キャロルによるもうひとつ注目すべき定義例をみてみましょう。

> 通例アダプテーションとは、文学的属性をもつ「作品」と結びつけられる用語であり、より一般的には「不朽の」などと呼ばれる伝統的名作を、「本からスクリーンへ」というように映画やテレビに翻案した作品のことを指す。さらにいえば、アダプテーションとは翻案元となる物語をひとつの媒体から別の媒体への移行をともなうものと通念的に理解されている。エリカ・シーンはアダプテーションを「《原作の》(文学的な)テクストを創作上のひとつのコンテクストから(視聴覚的な)別のコンテクストへ移し変えること」であると定義する(2000: 2)、ソースとなるテクストと作り直されたテクストの両方が同一の媒体 —— たとえば映画 —— を用いる場合には、作りかえによってできあがった作品をリメイクに分類するのがより適切と思われる。

ここでもやはりアダプテーションとリメイクとの明確な違いはメディア変更の有無にあるとされます。繰り返しになりますが、メディアの変更をともなうのがアダプテーション、また同一メディアで物語が新たに作り直されるのがリメイクということになります。キャロルは物語の作りかえのソース

の問題や創作を取り巻くさまざまな状況（コンテクスト）が、リメイクにもアダプテーションにも区別なくかかわる問題であると指摘し、また従来のアダプテーションとリメイクをめぐる多様な（それゆえに収斂できない）分類を引き合いに出していますが、両者の識別については、残念ながらそれ以上明確な識別を行っていません。

　いっぽう、リンダ・ハッチオン（2006）は、「変化をともなう反復」をアダプテーションの基本定義に据えて、「必ずしもすべてのアダプテーションでメディアの変更が起こるわけではない」ことに注意を向けています。またこれに続く箇所で、次のようにも主張しています。「リメイクは、コンテクストが変更されるので、どんなものでもアダプテーションだ」と。ここからいえるのは、アダプテーションにはメディアの変更をともなわない場合もあり（たとえば映画から映画など）、これは先のリメイクの定義にあてはまるということです。このようなハッチオンの見解を敷衍すれば、アダプテーションは事実上一般的にリメイクと呼ばれる物語更新と同一の実践ということになるでしょう。アダプテーションには文学作品を中心とした翻案元テクストから映像メディアなどへの作り変えのプロセスが前提としてふまえられていますので、これに当てはまらないもの、すなわち同一メディアでの物語更新をリメイクとすれば両者の差異化は可能かもしれません。ですがハッチオンは、アダプテーションをより大きなコンテクストで実践される物語更新、つまりより広範な文化的現象とし

てとらえており、これはどうも明らかに拡大解釈といわざるをえません。

　ここまででアダプテーションとリメイクの差異化をめぐる錯綜した状況をまとめてみましたが、ここからめざしたいのは、実はアダプテーションとリメイクの間に概念的あるいは定義上の境界線を引くことではありません。ましてや一方が他方の下位集合となるような事例を考察し、帰納法的に物語更新理論を構築しようというのでもありません。以下で私が試みに構想してみたいのは、2つの用語の再定義です。というのも、これまであまり区別することなく用いられがちであったアダプテーションとリメイクとを物語更新理論に関連した用語として明確に識別するため、次のような考え方を提案してみたいからです。まず、メディアの変更有無については有効な分類基準とはならないことを確認しておきます。そのことをふまえて、メディア変更にかかわらず更新された作品（リワークト・テクスト）および物語更新にかかわる過程全体を呼称する用語としてアダプテーションを規定することにしましょう。これは、アダプテーションをプロセス（再創作の過程）とプロダクト（再創作された作品）の2つのレベルに分け、それらの統合的理論化を試みたハッチオンの考え方と類似したものです。ただし、前述のようにハッチオンがリメイクとアダプテーションとをほぼ同じ意味合いで考えたのに対して、私はリメイクをアダプテーションのプロセスにおいて移植され、再創造されたプロダクトの一部を形成する

物語内容（シーモア・チャットマンのいう「ストーリー」）を指す用語として限定的に使用することを推奨したい（たとえば「アダプテーションによってリメイクされたストーリー」というように）と思います。このことは、すでに述べたストーリーワールドの概念と物語更新のプロセスにおけるその役割と関連性があります。

このような理論的枠組みについて、以下で考察の対象とする作品は、ウィリアム・シェイクスピアの『ロミオとジュリエット』から派生した物語のひとつであり、日本のゴンゾ（GONZO）製作の連続長編アニメーション『ロミオ×ジュリエット』（2007年）です。まず前提として考えておかねばならないのは、この作品が単純な意味でシェイクスピアのソース・テクストを作り変えたアダプテーションではないということです。たとえばフランコ・ゼフィレッリ監督がシェイクスピア戯曲の物語世界を忠実に再現した古典的映画翻案『ロミオとジュリエット』（1968年）や、現代の南アメリカ（おそらくブラジル？）を舞台に想定してとして大胆な物語の書き換えが試みられていますが、大まかな物語の流れは翻案元に忠実な物語展開を踏襲するバズ・ラーマン監督による『ロミオ＋ジュリエット』（1996年）、さらには『ロミオとジュリエット』にインスパイアされて製作されたとされるミュージカルそしてその映画アダプテーション『ウェストサイド物語』（1961年）と比較しても、これらと同様の意味合いでアニメ版『ロミオ×ジュリエット』をシェイクスピアの翻案作品で

あるとは断言しにくいところがあります。それはなぜでしょうか。もちろん欧米発の実写映画の翻案こそリメイクあるいはアダプテーションとしてより正統であり、日本発のテレビアニメは亜流だなどと主張して満足するつもりも、また文化的もしくはメディア／ジャンル的差異を問題にしたいのでもありません。確認しておきたいのは、本作における独特なアダプテーションのプロセスおよびプロダクトとしての物語更新のありようなのです。

　ところで『ロミオ×ジュリエット』のオープニング・クレジットには、「原案　ウィリアム・シェイクスピア」とあります。なぜ「原作」ではなく「原案」なのでしょうか。結論を先取りするようですが、考えられるのは、より柔軟な物語更新を暗示する「原案」とあえてクレジットすることでリワーク・テクストとソース・テクストとの関係性が見直され、そのことがこの作品における物語更新の独自性を明確に定位しているということです。もちろん、『ロミオ×ジュリエット』がシェイクスピアをソース・テクストとする物語更新のひとつの可能性であることは、ストーリーの基本設定を参照すれば疑いありません。なにしろ敵対する２つの家に生まれた「幸薄い恋人たち」が織りなす運命と偶然の悲劇は変わりようのない原則として物語的にはっきりと維持されているのですから。しかし、もはや原作と翻案とを物語的に照合することが無意味に思われるほど、物語は異なった形に更新されています。このことをどう考えればいいでしょうか。

誤解を恐れずに断言すれば、『ロミオ×ジュリエット』は、シェイクスピアの「原案」に似てはいますが、オリジナルな要素にあふれたリワークト・テクストということです。このことを、物語第1話（劇中では「第1幕」。以下のエピソードについても同様）の冒頭部が典型的に明示しています。いわゆる前口上にあたる一節です。以下の引用で着目したいのは、シェイクスピアのオリジナルとの同一性をにおわせること、そして逆にその差異を強調するベクトルのせめぎあいです。

今は昔
ここは記憶も遠く忘れ去られし大地
空中大陸
ネオ・ヴェローナ
空に浮きし大いなる力は
生命の息吹と民の繁栄をもたらすものなり
だが時として煩悩の愚　常ならん
これより語るは宿命に翻弄されし
切なくも初々しき戦火の恋の物語——

　口上役を画面外の声として設定せずに、吹雪の映像を背景として活字をスーパーインポーズする方法は、視覚メディアではとくに際立った処理のしかたではありません。しかし口上の形式をなぞりつつも、その内容については、すでに翻案

元のシェイクスピアとは明らかに異なった物語展開を視聴者に暗示するものとなっている点を見逃してはいけません。たしかに、『ロミオとジュリエット』を連想させるのは、「宿命に翻弄されし」と、「不運な星のもとに生まれた」という表現だけですが、それらでさえ、原典との同一性をわずかにほのめかしているにすぎません。

『ロミオ×ジュリエット』には、シェイクスピアを原案とするという物語的前提があるにもかかわらず、オリジナルに忠実な形で再現されるエピソードが極端に少ないのです。もちろん、主人公はロミオとジュリエット、対立する両家もモンタギューとキャピュレットであり、そのあたりのストーリー的な骨子の部分はシェイクスピアの物語と同じです。ですがそれ以外の基本的設定は新たに創作されたものばかりです。とりわけ物語の舞台、また登場人物の関係性などについては、オリジナルの設定に大規模な変更を加えたものとなっています。まず、ネオ・ヴェローナの中世風たたずまいは、原作の設定や史実上のヴェローナを再現するものではなく、ファンタジー的要素を加味した空中都市に変更されています。また主人公たちを取り巻く人物および相互の関係性も、着想こそ「原案」とされるシェイクスピアに負っているところがありますが、翻案元の物語とは大きく異なっています。あるいは原作と同一の作中人物であっても、物語への具体的かかわり方については設定が変更されています。さらには、他のシェイクスピア作品からその名を借用され、ブリコラー

ジュ風に物語に取り込まれた人物も多く登場します。たとえば、ネオ・ヴェローナを支える大樹「エスカラス」を守る少女オフィーリア、ロミオの生母ポーシャ、オーディン（ジュリエット）の弟分の少年アントニオ、ジュリエットを姉のように世話をする乳母役コーディリアなど枚挙のいとまがありません。あたかもターゲットは『ロミオとジュリエット』という単一の物語テクスト自体ではなく、シェイクスピアの戯曲全体なのではないかと思えるほど、設定的バラエティに富んだ物語ができあがっているのです。

　あえていうなら、物語の展開自体も、原作にこだわってはいないのかもしれません。そもそもキャピュレット家の人々は14年前にモンタギューに虐殺され、ジュリエットはただひとりの生き残りであると設定されています。同家ゆかりの家来たちは、独裁者モンタギューを打破し、キャピュレット家再興の機会をうかがい、ジュリエットをかくまい育ててきたという設定です。こうした細かな追加設定にもとづいた物語の流れに連動して、ジュリエットがロミオと出会うまでの過程で、復讐劇的コンテクストが新たに用意されています。そこに宿敵の御曹司との恋愛が絡むことで、原作を踏襲した両家の対立関係に際立った物語的インパクトを与えられることになるのです。愛を貫くか家系を守るかで葛藤するロミオとジュリエットは、やがてネオ・ヴェローナ崩壊へとつながる避けがたい運命に翻弄されることになります。ですが大胆に更新された物語は、2人の悲恋と死を無にせず、愛が宿命

さえ無効化し、終末から世界を救うというスケールの大きなフィナーレへと突き進んでいくのです。

このようにシェイクスピアはあくまで「原案者」でしかないという『ロミオ×ジュリエット』の原典からの距離の置き方は、一定の自由をアダプテーションの実践に与えていると考えていいでしょう。たしかに『ロミオ×ジュリエット』は、シェイクスピア劇の雰囲気をたくみにとどめながらも、内容的には必ずしも「原案」および先行する翻案作品への忠実度を前提に企画制作されたのではないことは容易に推察できます。その名をシェイクスピアの戯曲からとり、土台となる物語設定を「原案」に依拠しているとはいえ、この作品は決して原典依存的ではないリワークト・テクストにほかならないのです。

かくして『ロミオ×ジュリエット』は、ハッチオンの言葉にならうなら、「アダプテーションを・ア・ダ・プ・テ・ー・シ・ョ・ン・と・し・て・」、すなわち特定の先行テクストから生成される派生的物語という定義を括弧に入れ、徹底した物語改変を志向した大胆な更新の実践だということになります。そうした本作のアダプテーションについては、ＤＶＤ版第１巻付録のブックレットにある追崎史敏監督とプロデューサーの池田東陽との対談記事が興味深いので引用しておきます。

　池田　もし、シェイクスピアの原作に沿って映像化するなら、美男美女主演の実写が一番。そこで、やるから

にはアニメでしか出来ない作品にしようと、ファンタジーやアクションの要素を追加して再構成しました。ただし、空中都市といった世界観は物語に付随するもの。あくまで、基本は王道のラブ・ストーリーです。

追崎 根本はロミオとジュリエットの恋愛ドラマで揺るぎない。そこに、闘うヒロインや革命へのプロセスなど、アニメとしての躍動感や想像力をプラスしていく。物語の核を恋愛に据えたことで、キャラクター設定などはむしろ自由になった気がしますね。

２人の発言をまとめれば、物語の「根本はロミオとジュリエットの恋愛ドラマ」ですが、それを「王道のラブ・ストーリー」として再構成することをめざしたということでしょう。「アニメでしか出来ない作品にしようと、ファンタジーやアクションの要素を追加」、また「物語の核を恋内に据えたことで、キャラクター設定などはむしろ自由になった」という発言にはとくに注目すべきです。

たしかにモンタギューとキャピュレット両家の確執は血なまぐさい内容へと変更され、現実を遊離した空中浮遊大陸が舞台となり、さらにジュリエットはオーディンと名のり少年（「赤い旋風」という仮面とマントの剣士）に変装します。また、ロミオとジュリエットは運命の出会いをする場所は、キャピュレットではなく、モンタギューの公邸で開かれるバ

ラの舞踏会です —— そこを訪ねていくのは、少年の変装を解いたジュリエットです。細かな物語の設定変更についてこれ以上網羅的に述べるいとまはありませんが、柔軟な物語更新を全編にわたって展開する『ロミオ×ジュリエット』が、ソース・テクストの再現にこだわっていないことはわかるでしょう。むしろタイトルを共有するのみで —— それさえ「×」に変更されていますが ——『ロミオ×ジュリエット』は、これほど大がかりな物語改変から判断すれば、もはやシェイクスピアの原作とその翻案作品という関係性からはすでに解放されていると見ることもできるでしょう。

　つまり『ロミオ×ジュリエット』は、シェイクスピアの戯曲をアニメ媒体で変換したリメイクではなく、オリジナルなストーリー展開をもっているのです。中世風の街並みや風俗といった原作の雰囲気を伝える部分は少なからず残存していますが、注目すべきなのはそのことではなく、翻案元に忠実な部分と荒唐無稽なファンタジー的物語要素をたくみに融合させたリニューアルのありかたであり、それこそ日本発のアニメ媒体による意欲的挑戦の結果としての物語更新といっていいでしょう。原作や先行する翻案作品には縛られない自由な創作行為が実行されたことが、本作をオリジナルなラブ・ストーリーに結実させた重要なポイントであり、この点に限っていえば、本作は原典を越えたとさえ主張することが可能かもしれません。

　ですがそれほどまでに柔軟な発想と挑戦的な物語構成を特

質とする『ロミオ×ジュリエット』に、ひとつだけ原作から残存しつつしたたかな物語更新を遂げたシーンがあります。それはロミオとジュリエットの純愛を表象する、作中でおそらくもっとも有名かつ典型的な場面、いわゆる「バルコニー・シーン」です。それにしても、このバルコニー・シーンはなぜ時代や文化を越え現代日本においてアニメというメディアによって物語更新されたテクストにおいても例外なく繰り返し描かれるのでしょうか。しかも、後述のように、一見強引ともいえる不自然な物語メイン・プロットへの組み込みをあえて行ってまで。

　このあたりの問題を検証すべく、まずはアニメ版でのこのシーンをたどってみましょう。第10幕「泪〜貴方と逢えて〜」にそれは出てきます。もっともここでのバルコニーは修道院、しかもロミオの生母ポーシャの暮らす修道院のテラスです。DVD第4巻付録ブックレットに採録された美術設定のひとつに修道院のテラスの説明があります。それによると、「2階寝室から張り出した半円形のバルコニー。中庭へと降りる石階段を備えている。直下には植え込みがあり、ロミオはそれを踏み分けてジュリエットを仰ぐ」とあります。しかも、このシーンの定番である真夜中ではなく、ここでは雨の上がった朝のまばゆい光を浴びる場面となっています。もう少し詳細に『ロミオ×ジュリエット』のバルコニー・シーンへといたるプロットをたどってみましょう。キャピュレット家ゆかりの人々とともにモンタギュー打倒に立ち上がった

ジュリエットですが、一斉蜂起の計画は見破られ、逆に敵方に追い詰められます。危機的状況に陥ったジュリエットは、それでもロミオの腹違いの兄ティボルトに救出されますが、みずからの性急な決断が大切な仲間たちを危険にさらしたことを悔やむジュリエットは、自暴自棄の心境となり、やがては潜伏場所を飛び出し、雨の街をさまようのです。そして雨中の彷徨の末に行き着いた場所がロミオの母ポーシャのいる修道院だったのです。そこで力尽き倒れたジュリエットはポーシャに救出され、看病を受けます。ほどなくジュリエットは、知らせを受けて急ぎ駆けつけたロミオと再会するという展開で、物語はバルコニー・シーンへと続いていきます。

　では、修道院のバルコニーでの台詞を引用してみましょう。雨の上がった翌朝、回復したジュリエットは修道院の窓辺にたたずんでいます。階段をおりて庭に出たロミオにジュリエットは次のように語りかけます。

　　ジュリエット　　「ねえロミオ、あなたはどうしてロミオなの？　私はキャピュレットの娘、あなたはモンタギューの息子。どうして私たちは出会ってしまったの？　どうして、愛し合ってしまったの？」
　　ロミオ　　　　　「後悔しているの？」
　　ジュリエット　　「いいえ。でも私たちは今こんなに近く立っているのに、2人の間にはどんな山よ

		りも高く険しい壁がある」
ロミオ	「そんな壁、乗り越えてみせる。ジュリエット、君さえいれば、僕は荒れ狂う嵐の中だろうと、光の届かない暗闇の森だろうと、燃えさかる炎の中だろうと飛び込んでみせる。君のためなら、僕はモンタギューの名を捨てよう。僕はロミオ。それ以外の名前はいらない」
ジュリエット	「ロミオ」
ロミオ	「ジュリエット、君も」

やはり2人の台詞のやりとりは、シェイクスピア劇のそれとは食いちがっています。もっとも、「ねえロミオ、あなたはどうしてロミオなの」というジュリエットの言葉だけは、おおむね原典を再現しています。しかし、この台詞をジュリエットが発する物語的状況は原作および先行翻案とはいちじるしく異なっています。というのも、原作や先行するほとんどのバルコニー・シーンでは、ジュリエットはロミオが近くにいるとは知らずに、その言葉を呟いているのに対して、アニメ版ではロミオがそこにいることをはっきりと認識しており、彼に直接語りかけるからです。ここでのジュリエットの積極的問いかけはロミオの心に働きかけ、ともに主体的に生きる決意を促すものとなるのです。これは最終幕において2人の愛が世界を救う物語的伏線を形成し、「生きるときも、死

ぬときも、永遠に２人はともにある」というジュリエットの最後のことばへと反響していく重要なやりとりともなっています。

　ここで描かれる２人の愛の確認と宿命に向き合おうとする決意は、なるほど原作がそうであったように、両家の因縁を乗り越えた誠意を愛の証しとする物語の流れをなぞったものかもしれません。しかし決定的な差異といえるのは、このエピソードの後ロミオとジュリエットが２人の自由意志を発動して、家も名も捨てみずから飛び出していくという独自の物語展開です。もちろんこうしたエピソードは、作品全体からみればやや本編のプロットの流れから遊離した傾向を示しています。とはいえ、若さに身を任せた軽率な判断がやがてはさらに過酷な運命へとロミオとジュリエットを近づけ、２人の本当の精神的成長が促されると解釈するなら、重要なターニング・ポイントであるとも読めるでしょう。というより、そうした一見ソース・テクストの物語内容を逸脱した展開につながっていく可能性は、『ロミオとジュリエット』の物語マトリクスに加わる物語のすべてが共有しているものなのです。だとすれば、たとえ一時的な行為であったにせよ、少なくとも主体的な意思の確認と行動を(愛の逃避行という形で)２人がとるということは、一歩踏み込んだ翻案者(ここではプロデューサー、監督、脚本家を中心とした製作スタッフ全体)による物語解釈であり、またそうした物語の可能性を選択した再創作活動であるともいえます。このように、単なる

愛の語らいを活写する場面にとどまらない、原作を典型的に表象する定番のシーンとしてあえて再利用されつつも、重要な物語更新の指標として大胆に更新された『ロミオ×ジュリエット』のバルコニー・シーンの存在意義はこうして担保されているといっていいでしょう。

　『ロミオ×ジュリエット』は、シェイクスピアにも、また翻案者が参照したと証言しているゼフィレッリ版やラーマン版のどちらにも、さらにはシェイクスピアの戯曲自体がソース・テクストでありながら同時にまたそれ自体が先行するソース・テクストを更新した物語であるとするなら、それに先行するあらゆるテクストも含め、どれにも似ていません。すでに述べましたが、物語そのものは基本プロットをなぞるレベルをはるかに超え大きく変化しており、とくにキャピュレット家の再興とモンタギュー打倒の市民革命を絡めた物語終盤の展開などは、完全にオリジナルな物語内容となっています。ロミオとジュリエットが貫いた愛は、結果的にはそれゆえの2人の死へと終息しますが、それと引き換えに崩壊寸前のネオ・ヴェローナを救うという奇跡的結末も、単に2人の死では終わらない積極的な物語の書き換えによって実現したリメイクのひとつの可能性にほかなりません。「原典となるテクストを新たな意味で満たされるべき入れ物」として、シェイクスピアの「原案」は新たな物語へと更新されたのです。こうして、『ロミオとジュリエット』の名で束ねられるあらゆる物語を射程に入れたアダプテーションとしての物

語更新は、その書き換えによる（再）創造の可能性を極限まで引き出そうとする創作者（翻案者）の手によって、世代や文化を越えた物語の継承と伝達という表象文化的活動となるのです。まさにバルコニー・シーンは『ロミオとジュリエット』にかかわるあらゆる物語更新の可能性が交錯する場なのです。

　以上アダプテーションとリメイクの関係について、実例にもとづいた考察を試みてみました。結論として言えることは、ジャンルやメディアの変更を前提として物語更新が行われる場合には、もちろん乗せ換えられるのはソース・テクストより抽出された物語内容であるということにつきます。しかし物語内容の書き換えが実現するためには、表現媒体が変更されるにせよ、同一のメディアで再構築されるにせよ、物語言説の変換を経ることが不可避です。その意味ではこの場合のポイントは物語言説の変更にこそあるということになります。したがって、焦点はリメイクされた物語内容ではなく、そうしたリメイクを可能とする表現形態としてのアダプテーションのプロセスにもまた当てられなければなりません。ソース・テクストとリワークト・テクストを一対一の関係でとらえる場合にはこの考え方が有効です。いっぽう、同一のソース・テクストにもとづく複数のアダプテーションを考察する場合、とりわけひとつのアダプテーション作品が複数のソース・テクストの物語内容からリメイクされている場合などは、個々のリメイク部分の相互影響関係を考慮に入れる必

要があり、この場合は物語内容を中心として、リメイクのありようをさらに検証することが必要となるでしょう。

この章では、原作から派生作品への形態的変化であるアダプテーションと、アダプテーションにともなう物語内容の変化をリメイクと呼称し、物語更新を考える際にはこの２つのレベルを分けて考えることの有効性が確かめられました。アダプテーションとリメイクとを区別することが重要であることの根拠として、アダプテーションに不可避的に付随する原作信奉、つまりソース・テクストの物語内容を忠実に再現すること（要するに、アダプテーションにおいてはそれが達成不能であること）に対する作品受容者の側に生じがちな偏見の影響を可能な限り無化し、更新された物語を単なる更新前の物語を再現すること以外の点で評価する、言い換えれば、さまざまな要因に応じて作りかえられた（つまりリメイクされた）物語として評価する必要があるのです。

ここで観察してきた『ロミオとジュリエット』の場合のように、同一のソース・テクストにもとづくアダプテーションが複数存在する場合の、それぞれの関係性については、原作とアダプテーションとの個別事例研究を超えたレベルの考察が必要です。物語更新とはそのあたりも包括的にとらえる概念なのです。そう考えるなら、もちろん同一のソース・テクストを元に創造される異なるアダプテーション間の関係、すなわち別箇のアダプテーション間で物語内容が変容する関係性もまた物語更新のひとつであると考えることができるの

ではないでしょうか。原作から派生作品への物語変換の関係も、また同一の作品を更新元とするアダプテーションどうしの関係も、ともに物語更新ととらえることができるのですから。さらには、同一の物語内容を変換するという標準的なアダプテーションには当てはまらないような物語更新、たとえば物語の前日譚や後日譚、あるいは２次創作の類に観察可能な物語更新についても、ソース・テクストからの物語内容の変容という点ではリメイクであると考えるべきでしょう。アダプテーションではない物語更新も広い意味ではリメイクなのですから。要するに、すべてのアダプテーションにはリメイクのプロセスがともないますが、いっぽうですべてのリメイクがアダプテーションであるとは限らないという、先に述べたハッチオンの見解が、いくらか条件付けをする必要があるとはいえ、やはり有効なのです。

　繰り返しになりますが、アダプテーションとリメイクの区別の境界線を正確に画定することは困難です。しかしそもそもそうすることにあまり意味はないのです。それよりも必要なことは、あくまで仮説の域を出ませんが、リメイクと呼ぼうとアダプテーションと呼ぼうと、どちらも物語更新、すなわち受容と創造の反復的プロセスの中でとらえる必要があるということです。いずれにせよ、単独のタイトルの物語が複数のメディアで同時展開されるという文化的状況は、ソース・テクストとリワークト・テクストとの関係性が、アダプテーション元とアダプテーション先（もしくはリメイク元と

リメイク先)との一方向的な流れでは語りつくせなくなっていることをある意味で物語っているのではないでしょうか。

3. パロディと物語更新 ――『スペースボール』

　ここでは、ＳＦ映画のパロディ的映画作品を取り上げ、そこに物語更新のひとつの可能性をみきわめます。考察の対象とする作品は、メル・ブルックス監督・主演のＳＦコメディ映画『スペースボール』(1987 年)。ジョージ・ルーカス監督の『スター・ウォーズ』旧３部作 (エピソードⅣ～Ⅵ) を中心として、『エイリアン』、『猿の惑星』、『アラビアのロレンス』、『オズの魔法使』をはじめとして、その他多数の映像作品からの引用と風刺をともなう物語表現を織り交ぜた大胆なパロディがとりわけ目を引く映画です。

　まずは物語のあらましから紹介しましょう。宇宙全体にその名をとどろかせる悪しき侵略惑星スペースボールの大統領スクルーブは、自然破壊と大気汚染で希薄化した母星の空気を補完しようと、隣星から空気を丸ごと奪うことを企んでいます。大統領の命を受けた司令官ダーク・ヘルメットは、ドルイデア王であるローランドの娘ヴェスパ姫がとある王子との結婚式から逃亡中のところに出くわし、彼女を捕獲し、大気奪取のための人質として利用しようとします。借金返済のための賞金稼ぎが目的で、ヴェスパ姫の救出を依頼されたローン・スターは、相棒の半人半犬バーフとともに、ヴェス

パ姫と侍女ロボットのドット・マトリクスを無事にドルイデアまで送り届けるため、スペースボール軍との戦いにその身を投じていきます。聖者ヨーグルトから「シュワルツ」の力を受け継いだローン・スターは、スペースボール軍を倒し宇宙に平和を取り戻すと、ヴェスパ姫と結婚式をあげ、仲間たちから祝福されるのでした。

　あらすじだけではあまりわかりませんが、『スペースボール』は今やアメリカＢ級カルト映画の古典のひとつに数え上げられることもある、全編抱腹絶倒の娯楽作品です。たしかに、『スター・ウォーズ』に対するパロディの程度をとってみても、それは徹底的なものです。ダーク・ヘルメットはダース・ベイダー、ヴェスパ姫はレイア姫、ローン・スターはハン・ソロ＋ルーク・スカイウォーカー、バーフはチューバッカ、ドット・マトリクスはＣ-３ＰＯをそれぞれパロディ化したキャラクターです。もっとも、物語全体をとおして確認される笑いのポイントは、パロディ的場面が断続的に挿入されつつ展開するナンセンスＳＦコメディの枠には決してとどまりません。少なくともこの作品におけるブルックス監督のパロディ精神には、それこそユダヤ的なユーモアの感覚があふれています。そうしたパロディ精神にこそ物語更新の特質を見出すことができるのです。

　『スペースボール』はパロディ元となる作品がはっきりしているだけに、物語の方向性もある程度わかりやすいといえます。ですが、その笑いの感覚は独特なものです。ひと言で

いうと、辛辣な風刺というよりも、軽いジョークといった調子が明確であるという点が、『スペースボール』の笑いを特徴づけているのです。何というか屈折の笑い、言い換えれば、ひねりのきいた、知的な笑い。あるいは、素朴でストレートな笑いとは無縁な感覚でしょうか。以下では、パロディ的あるいはもじり、またジョークの言語的特徴に絞って『スペースボール』の笑いの特質を分析し、それをつうじてブルックス作品の物語更新について考えてみましょう。

　それでは、ブルックス作品の笑いの特質とはいったいどのようなものでしょうか。デイヴィッド・デサーとレスター・D・フリードマンによれば、ブルックス独自のユーモアはパロディにより形成されるところがかなり大きいとされます。リンダ・ハッチオンによる、パロディ=「差異をともなった反復」の定義を参照するなら、ロレンス・エプスタインがブルックスのコメディの特質としてあげている「スプーフ」（=spoof [ちゃかし]）こそが、このパロディの独特な土台となっていることが確認されるでしょう。これに関連したエプスタインの見解を引用してみましょう。

　　見覚えのある人々、ジャンルや社会的慣習といったものをちゃかす (spoofing) とは、風刺 (satire) がそうであるような攻撃ではなく、むしろ、それらの影響力に対して敬意を表すことである。ちゃかしとは、その他多くの笑いと同様に、人生のさまざまな不安から人を楽に解放

してくれるものである。それは、ちゃかされる対象が何かに変質することを求めたりしない。それは純粋な癒やしの形式なのである……。

　なるほど、『スペースボール』はそのオープニング・タイトルからしてすでに、『スター・ウォーズ』の冒頭部分をきわめて明確に意識した、というか意図的にほぼ模倣したといってもいいようなはじまりになっています。かいつまんで説明すると、『スター・ウォーズ』のメインテーマを何となく想起させる（あるいはパクリといわれてもしかたのない）タイトル・ソングにのせ、宇宙空間に物語のあらましや背景を述べる水色の文字が並び、画面下から上へとスクロールされ、それにつれて徐々に最初の行の文字が小さくなっていき、やがては、宇宙の彼方へと流れ去り見えなくなります。そう、まさにあまりにも有名な『スター・ウォーズ』の冒頭部のパロディです。ここでの一連の流れは、書かれた内容や表現がコメディ映画らしく多少ふざけた文が続く点を別とすれば、パロディ元の作品を忠実に再現する方法をとっています。そしてスクロールされた最後に付け足される一文については、これぞアメリカの喜劇王の異名をとるブルックスならではの笑いの感覚が生み出したものだといえます。引用しておきましょう。「この文が読めたあなたには、メガネはいりません」。
　またパロディによりその効果を最大限に発揮しているといえるのが、台詞回しに込められた言葉遊びのしかけです。典

型的な例をあげるとすれば、結末近くでローン・スターとの最終決戦に臨むダーク・ヘルメットが衝撃の告白をする場面をおいて他にはないでしょう。といっても、これもまた元ネタである『スター・ウォーズ　エピソードⅤ／帝国の逆襲』でダース・ベイダーがルーク・スカイウォーカーとの戦いの最中に、自分が彼の父親であることを伝えるあの有名な場面をオマージュしたものであることは明白です。ちなみにそこでの台詞は、「私はおまえの父親だ（I am your father.）」です。それにしても、ダーク・ヘルメットの台詞の内容はまったく人を食ったナンセンスなものですね。以下、ヘルメットとローン・スターとのやりとりを引用してみましょう。

> **ダーク・ヘルメット**　「私はおまえの父親の、兄貴の、甥っ子の、いとこ以前ルームメイトだったのだ」
> **ローン・スター**　「そ、それはどんな関係だ？」
> **ダーク・ヘルメット**　「まったくの無関係、赤の他人ということだ」

　台詞を引用するだけでは伝わりにくいのですが、折にふれて繰り出される珍妙なダーク・ヘルメットの演技もあいまって、私たち視聴者は思わず爆笑せずにはいられません。もちろん、この箇所だけを取り出してみるとただのつまらないジョークのように見えるかもしれませんが、この「まったく

の無関係」（英語では単に nothing）を、ダーク・ヘルメットが、これに続けて別の意味へとスライドさせている点がこの場面の滑稽さを強調しているといえます。「その無（＝nothing）へとおまえは帰されることになるのだ」。このように、ナンセンスと知的陳述が交錯するダーク・ヘルメットの台詞に、したたかな言語遊戯を展開させるブルックス流のジョークを読み込むことも可能です。

　『スペースボール』に満ちあふれているパロディ精神をすべて網羅的にとらえることは、紙面の余裕は残念ながらできないのですが、もう少しだけこの映画の独創的なパロディ感覚について観察してみることにしましょう。まずは物語冒頭の場面。巨大宇宙船〈スペースボール１号〉（ということは２号以下も存在するということなのでしょうか？）が宇宙空間を悠々と航行していくカット。船体の全長をとらえる描写そのものが尋常ではない長さなのです。実際、何秒経過してもいっこうに船尾が見えてきません。この場面だけで、たっぷり１分半はかかります。しかし、やがてその忍耐は笑いへと転化します。もちろんこの描写自体は、『スター・ウォーズ　エピソードⅣ／新たなる希望』において、反乱同盟軍の宇宙船を追跡する帝国軍戦艦を描写したシーンをもじった場面にほかなりません。もっとも、そのパロディの程度は過剰ともいえるほどで、視聴者は画面右から左へと移動していくスペースボール１号の異常な長さに圧倒されつつ、苦笑あるいは辟易してしまうかもしれません。ちなみにこの場面には、

あのパニック・ホラー映画『ジョーズ』風のBGMが使われています。要するに、『ジョーズ』の巨大サメがそうであったように、ここでは巨大宇宙船の実体を精密に表現するため、あえて過剰な演出をしかけることで、笑いを誘うしかけとなっているのです。

　ついでながら、ダーク・ヘルメットの初登場場面についてもここで取り上げておきましょう。ヘルメット（あるいは仮面？）の奥から聞こえてくる機械的な呼吸音は、いかにもダース・ベイダーを連想させるものですが、これまたいささかしつこいくらいに長く、その機械的呼吸音を聞かせる場面が続いたかと思うと、今度はいきなり、「い、息ができない！」、といかにも情けない声を漏らし、ヘルメットのマスクを開いてしまうという、滑稽な場面へと一変します。威厳に満ちた孤高のアンチ・ヒーローといった風貌のパロディ元ダース・ベイダーと比べたときの、ダーク・ヘルメットの立ち居振る舞いには何という落差があることでしょうか。こうしてみると、ダーク・ヘルメットはそもそもパロディ的で喜劇的なキャラクターであるとわかってくると思います。巨大なヘルメットは彼をなおさら3等身的に見せ、それによりコミカルな面を一段と強調することに貢献しており、そのこともまた、黒い丸メガネをかけた愛嬌のあるリック・モラニスの顔の造作と相まって、視覚的にコミカルなキャラクター性をやはり過剰なくらいに演出しているのです。

　ダーク・ヘルメットの滑稽なキャラクター造型について、

関連のある側面をもうひとつだけ取り上げてみましょう。それは彼の〈ひとり人形遊び〉の趣味（それとも性癖？）です。どういうわけか、ヘルメットは、ローン・スター一行や自分自身のキャラクター・フィギュアを所有しています。後で述べますが、映画のフランチャイズ商品の製作と販売の取り決めに関係する事情があるのかもしれませんが、それはともかく、ヘルメットは、自分を含めた５人のフィギュアを使って、こっそりと自室で人形ごっこに興じているのです。何とも滑稽な光景です。もちろんこうしたダーク・ヘルメットの人形遊びは、自分自身が主役で、ローン・スター一行を次から次に痛めつけ、最後にはヴェスパ姫を自分のものにしてしまうといったように、本来幼稚で、人に見られたくない彼の性格を露呈させる場面なのですが、あろうことかブリッジへ召喚するためにやってきたサンダース大佐がいきなりドアを開け、この場面に出くわしてしまうのです。あっけにとられたサンダースを、「つ、次からは必ずノックせよ」、としどろもどろになりながら叱責するヘルメットですが、いかにもバツが悪い瞬間です。この場面のつづきをもう少したどってみましょう。「何も見ていないだろうな」、うろたえつつ念を押すヘルメットに対して、サンダースの返答は、いかにも空気が読めないものです。というか、逆にからかっているのでしょうか。「いいえ、何も見ておりません。司令がまた人形遊びをされていたなどと」。いずれにせよ、このやりとりからもわかるように、ドジでどこか間の抜けた、おまけに何かするとき

3. パロディと物語更新—『スペースボール』　63

まってヘマばかりやってしまう、典型的なユダヤの愚者キャラクター、シュレミールの役回りをダーク・ヘルメットが担っていることが強調されていることはまちがいないようですね。ちなみに、この映画の監督であり、スペースボールのスクルージ大統領と聖者ヨーグルトの二役を演じるブルックス自身がユダヤ系の背景をもっていることはいうまでもありません。

このように本来なら憎々しさをアピールすることでその存在意義を最大限に発揮するはずの敵司令官にコミカルなキャラクター性を付与することによって、何ともいえないギャップが生じ、そこからまた笑いが生まれるのです。『スペースボール』のコミカルな魅力は、ひとえに悪役らしからぬ悪役ダーク・ヘルメットが支えているのです。彼は、ある意味で物語上の主役、つまり孤独な影をもつトラック野郎ローン・スターやわがままでお転婆なヴェスパ姫以上に、深みのある魅力的な人物造型を与えられています。正義の側ではなく、悪役のアンチ・ヒーローの引き起こす笑いがあってはじめて、『スペースボール』はパロディ的物語たりえるのです。

さて、『スペースボール』の物語更新についてもうひとつだけ考察しておきたいポイントがあります。それは、パロディとは表裏一体の関係にある自己言及的な物語展開についてです。ここでいう自己言及性とは、要するに、映画製作の過程や物語の虚構性などをあえて物語として明るみに出すことを意味します。この点に関して、重要と思われる箇所を検討し

てみたいと思います。

　まず分析したいのは、次の場面です。サンダース大佐が、逃亡したローン・スターとヴェスパ姫一行の居場所を突き止める妙案を思いついたと言い出します。なんと、「インスタント・カセット」というシステムを使って、この作品の（つまり『スペースボール』という映画の）ビデオカセットをレンタルできるというのです。ここにきて物語は何ともポストモダニズム的自己言及性で、この作品自体の虚構性をあらわにしていくことになります。ダーク・ヘルメットは、この場面の（つまり撮影中であるはずのこの映画の）ビデオがなぜもうレンタルできるのかと、驚きつつも至極まっとうな返答をするのですが、これに対してサンダースは、何を当たり前のことをきくのかといわんばかりに、ずらりと並んだレンタルビデオのタイトルを探し（ちなみに、よく見るとブルックス監督の過去作品が数多く陳列されています）、ついに『スペースボール』のタイトルに行き当たります。サンダースはさっそく部下にビデオの再生を命じますが、果たしてビデオは、この映画のそれまでの物語内容、つまり私たちが鑑賞してきた場面を早送りで、それもダーク・ヘルメットがこれまでさらしてきた醜態のいくつかをあえて選び出したかのように、もう一度繰り返して再生していくのです。そしてついにビデオは物語上の現在、すなわち映画の今のこの場面、モニターを食い入るように見つめているダーク・ヘルメットとサンダースの２人の姿を映し出す場面になります。要するに、ビデオ

の物語内容が映画の現在に追いついたのです。

　ここから2人は、「現在」と「過去」をめぐる物語内容と物語言説の時間との間に横たわるパラドクスについて延々と嚙み合わない議論を続けます。繰り返しになりますが、そもそも映画の完成以前にすでにビデオ版が生産されているというのはありえない時間的矛盾です。しかし、その矛盾が前提となって、ここでは逃亡したヴェスパ姫のゆくえを探るのと同様に、場面転換と映画制作をめぐる自己言及的な視点が前面に出されているのです。なお、こうした物語の虚構性をあらわにする視点は、ほかにも撮影スタッフ、あるいはアクション専門のスタントマンの姿を画面に映し込む場面にも見てとることができます。

　ところで、『スペースボール』におけるパロディの自己言及性を探る上で、もうひとりここで取り上げておきたいキャラクターがいます。それは、ブルックス監督自身が演じる聖者ヨーグルトです。その登場シーンを確認してみましょう。スペースボール1号に追われたローン・スター一行は砂漠の惑星へと不時着します。広大な砂漠の真ん中で、行き倒れになった彼らは謎の7人の小人（『白雪姫』の7人の小人あるいは『オズの魔法使』のマンチカンでしょうか？）に助けられ、「シュワルツ」の使い手で、全身金色に輝く身体をもつヨーグルトと対面します。ちなみに、ヨーグルトのパロディ元のキャラクターは、もちろん『スター・ウォーズ』の伝説のジェダイ・マスター、ヨーダです。

このヨーグルト、造型的にはどこまでもヨーダを意識したものないのですが、キャラクター的には、どこかしたたかなユダヤの老実業家然とした雰囲気を漂わせている点が興味深いところです。そのあたりがよくわかるのは、意外にも商売上手なヨーグルトが、ローン・スターたちを自分がプロデュースしたという売店へと案内して、そこに並んだ商品を、得意げに次から次へと紹介していく場面です。ここでヨーグルトは、自分の仕事は「商売」（英語では"merchandizing"）であると明かします。実際、扉の向こうにはスペースボール関連グッズがずらりと陳列されています。「スペースボール・Tシャツ」、「スペースボール・ぬり絵」、「スペースボール・ランチボックス」、「スペースボール・朝食シリアル」、それに「スペースボール・火炎銃」という本当に火を噴く恐ろしいグッズまであります。さらにヨーグルトは、何とも誇らしげに「スペースボール・フィギュア」を紹介してみせます。それがなんと、彼自身のフィギュアなのです。

　ところで、ブルックスは『スペースボール』を『スター・ウォーズ』の基本線として製作する許諾を実際にジョージ・ルーカス監督に求めたそうです。その際ルーカス側から提示された条件はただ1点のみだったそうです。それは、『スペースボール』関連製品の商品化をいっさい行わないこと。もちろん、これは『スター・ウォーズ』初期シリーズの大ヒットにより、1980年代後半当時も継続的も大当たりしていた関連商品への悪影響を懸念した上での条件であったらしいこ

とがわかっています。だとすれば、この場面はあくまで物語内でのみの話なのですが、キャラクター・グッズの商品化をシミュレーションすることをつうじて、ルーカス監督の希望をかなえつつ、同時にそれを無効化してみせているとも解釈できるのです。またこうした姿勢は、物語と現実との境界をなくすことをめざしている意識のあらわれとも考えることができるでしょう。あるいはこれこそが究極的な意味でのパロディといえるのかもしれません。パロディともじりを主体としたブルックス監督流の笑いのいくつかは、あらかじめ自己言及的に方向づけられており、そうした方向性に立脚したコメディやジョーク自体が、ただ単にその過剰さだけが独り歩きするような描写、あるいはいわゆるお約束の定番ネタを焼き直して提示するような無限循環には決して陥らない、たくみな抜け道として用意されているのです。

　以上、『スペースボール』における笑いの特質を整理してみてあらためてわかることは、この映画が特定の物語をターゲットとしてパロディ化しているわけではないということです。もちろん、『スター・ウォーズ』旧３部作が大枠として主要な参照元となってはいるのですが、単純なパロディだけが『スペースボール』の本質ではないのです。『スペースボール』は少なくとも主要なパロディ対象としての『スター・ウォーズ』に、一定の敬意を担保しているともいえます。もちろんブルックス監督が『スター・ウォーズ』シリーズの物語内容をある意味徹底してもじり、屈折した笑いをいざなうひねり

を加えていることはまちがいないのですが、決してパロディ元作品を茶化すことによって風刺的にその価値を貶めているのではないのです。

　パロディに託すブルックス監督の意図は、笑いのための素材として旧作をリサイクルすることにあります。言い換えれば、一種のアダプテーションを物語更新のひとつの可能性として実践しているのです。結論としてとりわけ主張しておきたいのは、あくまで多様な笑いを構造化することを軸とした物語の作り変えを、ブルックスはもくろんでいたということです。パロディ元である作品を理想的物語であるとするなら、更新されたパロディが意図的にその元となった物語内容やキャラクターのイメージを変更する過程で、こっけいでアンバランスな物語感覚がつくられることによって新たな笑いが生まれる、そういう仕組みだと考えればわかりやすいでしょう。

　こうしたアンバランスな状態を、パロディ元作品のメンタル・イメージからパロディ作品が創造される際に生じるストーリーワールドの変換にともなう〈ズレ〉ととらえることもできるでしょう。もちろんそうしたズレは、物語的には正義の側に属するローン・スターやヴェスパ姫一行よりも、悪の側に属するダーク・ヘルメットやスクルージ大統領の側にむしろ顕著です。それは本家『スター・ウォーズ』に対する敬意の裏返しであるといってもいいと思います。私たち物語の受容者がブルックスの繰り出す数々の笑いを満喫できるか

どうかは、こうした物語的ズレの部分を、異なるストーリーワールドがきわめて屈折した形で融合する物語更新のひとつのあらわれとして楽しめるかどうかにかかっているのです。

4. エイハブは死なず ──『白鯨』と『白鯨との闘い』

　同一の物語から派生した複数のアダプテーションは、さまざまに異なる物語更新の可能性をみせてくれます。しかし、こうした異なりはアダプテーションの作り手（すなわち物語の受容者／創造者）が新たに作ったものではなく、それ以前に物語がもともともっていた可能性のひとつの現れであるということについては、すでに話しました。ここでは、そうした仮説にもとづいてもう少し考察を深めてみましょう。具体的には、一見してアダプテーションであるとはみなされない作品間にも物語更新が観察される場合について考えることにします。考察に取り上げる物語は、ハーマン・メルヴィルの『白鯨』(1851年)とその数ある映画アダプテーションのうち、1926年の『海の野獣』、1930年版の『モービ・ディック』、そしておそらくもっとも一般的に知られている、ジョン・ヒューストン監督版『白鯨』(1956年)、さらには『白鯨』の直接のアダプテーションではありませんが、『白鯨』をめぐる一連の物語更新を考える際に参照すべき作品である、ロン・ハワード監督による2015年の『白鯨との闘い』。これらの作品を中心に比較検証的な考察を試みてみたいと思います。

まずは、メルヴィルの『白鯨』のあらすじをまとめてみましょう。とはいえ、さまざまな学問的思索や象徴表現を間にはさみながら展開する、いわゆる海洋冒険小説的な部分のみについてのあらすじなのですが。金もなく陸の生活に幻滅した青年イシュメールは、捕鯨船に乗り組むことを決意し、ニュー・ベッドフォードという港町へとやってきます。クイークエッグという男と同宿し、意気投合した２人はともに捕鯨船ピークォッド号に乗り組むことになります。船長は、謎めいた人物エイハブ。やがてピークォッド号の航海が通常の捕鯨とは異なる使命をもった旅であることが判明します。エイハブ船長の宣言するところによれば、世界の大海原をまたにかけたこの航海の唯一の目的は、以前の航海で彼の脚を食いちぎった鯨を探し出し、どんな犠牲を払ってでも復讐を果たすというものだったのです。復讐の相手は、巨大な白い鯨。エイハブ船長は、モービ・ディックと呼ばれる白い抹香（マッコウ）鯨の第一発見者にはスペイン金貨を賞金として与えると叫び、金貨をメインマストに打ち付けます。正気を失ったかにみえるエイハブを、理性的な一等航海士スターバックは諫めようと努めますが、通じるはずもありません。エイハブの狂気をもはや誰も止めることはできないのです。絶望的なこの航海の一部始終を目撃したイシュメールですが、いっぽうで捕鯨の過程や鯨油の採取作業、船員どうしの交流や他の捕鯨船との出会いなど、さまざまな航海経験を重ねていきます。そしてついに、モービ・ディックを発見し

たエイハブ船長以下ピークォッド号の船員たちは、白鯨との3日間にわたる死闘を繰り広げることになります。しかし、モービ・ディックの巨大な力の前に、捕鯨ボートはことごとく破壊され、エイハブは彼の銛とともに海中に没し、ピークォッド号もまた乗組員たちを道連れに沈んでいきます。そしてただ一人イシュメールだけが生き残り、再びアメリカへ戻った彼は、この物語を語っていたのです。

　『白鯨』にはこれまでに数え切れないくらい多くのアダプテーション作品が作られています。その中でも代表的な作品としてまずあげておかなければならないのは、やはりジョン・ヒューストン監督の映画『白鯨』でしょう。この作品は、SF作家のレイ・ブラッドベリが脚本を担当したことでも知られています。もちろん1956年版は、先にあげたメルヴィルの原作小説の主要な物語的シークエンスを比較的忠実に再現している点で、ひとつの典型的事例として参照する根拠があります。それゆえ、かえって見逃してしまいがちなのですが、映画版でのエイハブ船長の劇的な死をめぐる物語的シークエンスが、原作におけるそれとは著しく異なったものとして再創造されています。それにもかかわらず、原作とはまったく異なるエイハブの死の表現があたかも自然な流れにように私たち物語の受容者に受容されているのです。そういう私もその一人でした。この点に関しては、巽孝之（2005）やジョン・ブライアント（2013）が関連する考察をすでに行っていますので、詳しくはそちらを参照していただくとして、ここで細

かい物語内容の変更について紹介することは割愛します。いずれにせよ、ヒューストン監督の映画版の結末がメルヴィルの原作テクストのそれと取り違えられ、それどころか変更された物語的事象がソース・テクストにすでにあったように誤解され、それが後発のアダプテーションにまで継承されているのです。かいつまんでいうと、脚本のブラッドベリが原作に手を入れたことによって、重要な登場人物の一人である拝火教徒フェダラーの存在が抹消され、それを埋め合わせるために、メルヴィルの原作小説では物語結末部でフェダラーが担うはずであった役割がエイハブに統合されたのです。もちろんこれが原作を無視した恣意的な物語の書き換えとは必ずしもいえないことは、原作の受容者の多くには理解できるでしょう。というのも、もともと原作ではフェダラーはエイハブの分身のような叙述のされ方をしていましたし、たとえば第130章「帽子」を参照するとわかるように、いわばこの2人は実体と影のような存在として描かれています。ですからフェダラーとエイハブの人格が仮に融合され、同一の存在としてとらえられたとしても、物語の可能性のひとつとしてそれはありえるかもしれません。映画版のこの改変にまったく気づくことがなく、1956年映画版の結末と原作のそれとは同じであると勘違いしている『白鯨』の受容者は多いのではないでしょうか。ですが、これは決して物語の改悪ではなく、むしろ原作にはなかったオリジナルな物語のシークエンスとしてその独創性を評価できるのかもしれないのです。

原作とそこから派生したアダプテーション作品のそれぞれについて、特定の場面における描写の違いを表現面、内容面にわたって詳細かつ網羅的に検証するのはここでは困難です。とはいえ、たとえば今見たような結末部の相違が生まれること自体が、まさにアダプテーションに独自性、再創造性を認める根拠となることだけは強調しておきたいと思います。そうした考え方に立脚するなら、エイハブが縄に絡まって海に転落死することになるのか、それとも白鯨との壮絶な格闘を経て溺死することになるのか、それは物語の可能性としてはどちらもありえるということなのです。つまり、メルヴィルのテクストはそのうちの前者を、ヒューストン監督の映画アダプテーションは後者を選択したにすぎません。ただ、いずれにせよエイハブがメルヴィルの原作においてそうであったように、あっけない最期を迎える場合でも、またヒューストン監督版のように、よりドラマティックな死を迎える場合であっても、エイハブが最終的に命を落とす、このことだけは動かしようのない物語的事実、つまり受容者の記憶にはっきりと刻みつけられた『白鯨』のメンタル・イメージのひとつであると思われることでしょう。

　しかし、こうしたエイハブが死ぬというメンタル・イメージは果たして絶対的なもの、つまり決して覆されることのないものなのでしょうか。というのも、すでに言及したように、『白鯨』の初期の映画アダプテーションである1926年『海の野獣』と1930年『モービ・ディック』では、驚くべきことに、

エイハブは結末部において死ぬことはなく、そればかりかモービ・ディックの息の根を止めた後に無事に生還し、最終的には彼を待つ恋人と結ばれるのです。いったい、死なないエイハブの物語などありえるのでしょうか。私たちは、エイハブを死なせないアダプテーションの制作者たちの自由な想像（創造？）力を賞賛すべきでしょうか。それとも原作を無視したあまりに冒瀆的な物語であるとその評価を低くすべきなのでしょうか。そうした疑問に対する答えを提示することはしばらく留保することにしましょう。とりあえず話を先に進めると、エイハブの死なない『白鯨』の物語的是非を考えるときに、参照しなければならない重要な作品があるのですが、実はそれは『白鯨』のアダプテーションではないのです。

　さて、ここで取り上げたいその作品というのが、アメリカの作家ナサニエル・フィルブリックが2000年に出版したノンフィクション『捕鯨船エセックス号の悲劇』です（後に邦題は『白鯨との闘い』に変更されました）。この章のはじめで、ロン・ハワードが監督をつとめた2015年の映画『白鯨との闘い』のことに言及していますが、これは、厳密にいうと、フィルブリックのノンフィクションを公式に原作としてクレジットした映画アダプテーションなのです。ちなみにノンフィクション、映画版どちらの作品も、英語原題は『イン・ザ・ハート・オブ・ザ・シー』（*In the Heart of the Sea*）です。ソース・テクストにあたるフィルブリックのノンフィクションは、捕鯨船エセックス号が捕鯨中に鯨の反撃を受け、大破

した船はやがて沈没し、大海原を3か月漂流した末に生還した乗組員たちに起こった出来事の真実を、エセックス号一等航海士であったオーウェン・チェイスが生還後すぐに発表した本、またエセックス号にキャビンボーイとして乗り組んでいたトマス・ニカーソンが後年残した独自の手記を主要な参照元として、その他の関連文献もふんだんに交えながら出来事を再現する内容となっています。きわめて詳細に、またさまざまな資料を多角的に取り上げ、エセックス号の遭難の一部始終とその顛末を解明していく優れた本なのですが、ただノンフィクションである、フィルブリックの本は、その性格上いわゆる「史実」というものから離れて、まったくの虚構の物語を紡ぐことはできません。

　これに対して、ハワード監督による映画アダプテーションは、エセックス号の悲劇を、原作がノンフィクションであるという制約には必ずしもこだわらず、柔軟にひとつのフィクションとして物語を再構成している点が独創的です。具体的にみていくと、チェイス、トマス、そしてエセックス号船長ジョージ・ポラード等の人物造型を独自に変更、またそれにともなった物語展開自体の作り変えも映画版では顕著に見受けられます。中でももっとも重要な物語的設定の変更といえるのは、主要な物語のシークエンスの外側に枠物語を設け、そこにキャラクターとしてメルヴィルを登場させた点、また彼が年老いたトマス・ニカーソンにエセックス号の悲劇の顛末を聞き、取材した「実話」をもとに『白鯨』を書いたという

設定を追加したことでしょう。『白鯨』の出版をめぐる史実を無視、あるいはそれを微妙にずらしたともいえるこの設定変更は、『白鯨』という名をもつもうひとつの物語が作られた可能性をにおわせています。それだけにとどまらず、この映画アダプテーションにおいて大胆に史実が見直されたことによって、『白鯨』のもとになったとされる出来事そのものだけではなく、原作とすべてのアダプテーションを包括する『白鯨』の物語のマトリクスに、まったく新しいもうひとつの、かつていちどは物語化されたことがあったにもかかわらず、その後封印されていた物語内容が付け加わる可能性を示唆した点は、ひじょうに興味深い物語更新のあり方であるといっていいかもしれません。

　考えてみれば、メルヴィルがこの作品を構想した元ネタがあったという歴史的事実をノンフィクションとして語り紡いだのがフィルブリックの『捕鯨船エセックス号の悲劇』であったわけですが、その公式映画アダプテーションであるハワード監督の『白鯨との闘い』は、たとえ直接的な形ではないとしても、『白鯨』の物語更新にもまた関与しているのではないか、このことが以下で主張したい最大のポイントです。それをふまえて、『白鯨』と『白鯨との闘い』との物語更新的関係性について少し考えてみたいのですが、まず時系列的に見ると、メルヴィルは 1819 年の捕鯨船エセックス号にまつわるエピソードに触発されて『白鯨』を書いています。しかし、『白鯨との闘い』の主要な物語内容は 1819 年から 20 年にかけて

の出来事を扱っており、その意味でこの一連のエピソードは、1851年の『白鯨』の出版に30年以上先行していることを忘れてはいけません。したがって、実際にノンフィクション『捕鯨船エセックス号の悲劇』が書かれるにあたっては、その物語内容が『白鯨』の物語言説を生み出すきっかけとなるというインターテクスチュアルな伏線があるわけです。フィルブリックのノンフィクションには、数々の注釈が付されているのですが、そこに当然のことながらメルヴィルや『白鯨』への言及があることから、歴史的に先行する『白鯨』という物語テクスト、また作者メルヴィル自身の伝記的事実が前提となって、『捕鯨船エセックス号の悲劇』はひとつの物語テクストとして成立していることを、ここで再確認しておきましょう。エセックス号の悲劇に触発され、メルヴィルが『白鯨』を書いた歴史的因果関係に光を当てたフィルブリックのテクストを元にして、ハワード監督は、歴史的真実と虚構としての小説の相互関連性にあらためて焦点を当てるために、劇中にあえて枠物語を創作し、ここにメルヴィル本人が登場してくる場面を設定したのではないでしょうか。

　単純化を承知の上であえて主張すれば、フィルブリックの『捕鯨船エセックス号の悲劇』とその映画版『白鯨との闘い』は、エセックス号の遭難がメルヴィルに『白鯨』を書かせるきっかけになったという物語的可能性を自己言及的に描き込んだ点で、きわめて変則的な形ではありますが、『白鯨』の屈折した物語更新であるとも考えられるわけです。そのあたり

をもう少しだけ掘り下げて考えてみましょう。フィルブリックの『捕鯨船エセックス号の悲劇』は、関連する複数のソースに取材することで、歴史の事実を照らし出そうとする試みですが、主な情報源となっているのは、エセックス号の一等航海士であったチェイスが生還後に記した手記と、これを補完する形で参照されているキャビンボーイ、ニカーソンの手記であることはすでに述べました。ここでは、より具体的にフィルブリックのノンフィクションが明らかにするエセックス号の悲劇と、チェイスとニカーソンそれぞれの手記、およびメルヴィルの『白鯨』との関係、またそれらと映画版『白鯨との闘い』の物語内容との関係を、主に時系列に関心をおいて考えてみたいと思います。メルヴィルは1819年の生まれ。史実上のエセックス号の遭難は1820年の出来事でした。チェイスの本は1821年に出版されています。このチェイスが書いた本『捕鯨船エセックス号のもっとも驚くべき苦難に満ちた話』を船員時代のメルヴィルがはじめて読んだとされるのが1840年、そして『白鯨』が出版されたのは1851年でしたね。ついでながら、メルヴィルがチェイスではなく、ポラードに会ったのは『白鯨』出版後の1852年。ニカーソンの手記が書かれたとされるのは、『白鯨』の出版から遅れること20年、チェイスの手記が出版されてから半世紀以上も遅れ、1870年代になってからのことです。

　こうしたエセックス号の悲劇と『白鯨』出版をめぐる史実を整理すると、映画版『白鯨との闘い』が実にユニークな物

語の作り変えを実践していることにあらためて注目する必要がでてきます。メルヴィルの登場し、トマスから取材することで、彼の回想をもとにして（要するにそれが映画アダプテーションの主要な物語内容となるのですが）メルヴィルが『白鯨』を書いた可能性を物語の受容者に意識させることが、『白鯨との闘い』のもっともオリジナルな物語更新なのです。しかし、映画ではメルヴィルがニカーソンを訪ねたのが、『白鯨』出版の1年前の1850年のこととされているのですが、それは史実ではありえなかった虚構です。そもそもニカーソンがメルヴィルに会ったという記録はありません。フィルブリックによれば、ニカーソンがナンタケットに戻り、そこでレオン・ルイスという作家の訪問を受け、手記の執筆を勧められたのは、前述のように、1870年代になってからの話です。ですから、1850年の時点で、ニカーソンがメルヴィルに会って、エセックス号の真実を話すというエピソードは二重の意味でありえないのです。本来、メルヴィルの『白鯨』は、ニカーソンの話を聞いて書かれたものではない、つまりエセックス号にまつわる本当の話は『白鯨』の創造には影響を与えてはいないはずなのです。それにもかかわらず、もし2人の邂逅が1850年に実現していたらどうなっていたかという仮定のもとに創作されたのが、映画版『白鯨との闘い』なのです。そうなると、『白鯨との闘い』のストーリーワールドにおける『白鯨』と、われわれの知る現実の『白鯨』とはもしかすると異なる物語なのかもしれないということになってきます。も

しこの世界のメルヴィルが、トマスの話す「実話」に感銘を受けたのなら、映画をみたわれわれ視聴者と同様に、捕鯨船をめぐるまったく別の物語を書いたとしても不思議ではないかもしれないからです。では、それは具体的にどのような物語となるべきものなのでしょうか。

　ここで大胆な仮説を提案してみると、それはエイハブの死なない『白鯨』なのではないでしょうか。たとえば、対立や葛藤を抱えつつも、たがいの立場を理解し、最終的には心を通い合わせるチェイスやポラードをモデルとして人物造型されたエイハブであるのなら、『白鯨との闘い』の船長と一等航海士と同様に、死なずに生き残る可能性だってありえるのではないでしょうか。実際、エイハブの死なない『白鯨』もすでに実在しています。1926年上映のサイレント映画『海の野獣』では、主人公エイハブ船長は死なずに、苦闘の末にモービ・ディックを見事に仕留め、ニュー・ベッドフォードへと帰還してきますが、これは『海の野獣』をリメイクする形で製作された1930年の映画アダプテーション『モービ・ディック』でも同様だということはすでにふれましたね。不死身のエイハブの叙事詩的英雄譚を描いてみせた『白鯨』の初期映画アダプテーション『海の野獣』と『モービ・ディック』はともに、まさに海洋冒険映画にふさわしい、苦しみ悩みつつも、陽気な明るさと意気揚々とした行動力を失うことのないエイハブの姿を活写するのです。

　物語更新理論を実践するためにここで考えたいポイント

は、エイハブが死なないというこの一見荒唐無稽なエンディングが、実は『白鯨』の潜在的エンディングである可能性は考えられないだろうかということです。1926年版、1930年版映画アダプテーションはどちらも、まったくといっていいほどメルヴィルの『白鯨』の主要プロットにはもとづいていないにもかかわらず、ある意味で原作では明らかにされることのなかったエイハブの真の姿をみせてくれているのかもしれない、あるいはそれこそそうあってほしいと私たちが望むかもしれない姿であるとはいえないでしょうか。ついでながら、いくらメルヴィルの原作小説での人物造型とはまったく異なったエイハブとはいえ、1926年版や30年版においてさえも、彼がモービ・ディックに片脚を食いちぎられるという出来事までが変更されることがなったということは、『白鯨』の重要なメンタル・イメージとして、片脚のエイハブの姿はその生死以上に不可欠な物語的要素として、あらゆる派生作品のプロットに含まれるということの証左とも考えることができるでしょう。

　『白鯨』を読んだとき、あるいは1956年版をはじめ、その後に製作された映画版『モービ・ディック』をみたときに、私たちの誰かが想起するかもしれないエイハブの生き残る可能性と、それにともなって彼のもうひとつの人生が存在する可能性が、すでにして初期の映画アダプテーションにおいてもすでに物語的に実現していたということは決して見逃せない事実です。エイハブ船長が死なない物語はナンセンスだとい

う指摘は当然あることでしょう。しかし問題なのは、エイハブの死をめぐる物語的是非ではなく、彼が生き残るプロットもまた、究極的には『白鯨』の物語的可能性のひとつだということにつきます。エイハブの死も生存も、どちらも私たちが『白鯨』に対してもつ対照的なメンタル・イメージにほかなりません。『白鯨』という名の物語のマトリクスは、そのどちらをも主要なメンタル・イメージとして更新しているのです。あるいはこういったほうがよければ、『白鯨』において、エイハブ船長が死なない物語的可能性は後発的に付け加わったのではなく、はじめからひそんでいたのではないでしょうか。メルヴィルでさえ、それを選択して、生きるエイハブの物語を書く可能性はあったのです。もしかすると、それこそ『白鯨との闘い』のメルヴィルが書いた『白鯨』だったのかもしれないのです。

　『白鯨との闘い』に話を戻しましょう。映画版『白鯨との闘い』では、船長も一等航海士も死なない「実話」をキャビンボーイであったかつての少年トマス・ニカーソンが事実上物語ることによって、実はメルヴィルの原作小説『白鯨』では実現しなかった物語の可能性を示唆しているのではないでしょうか。しかも、本来なら『白鯨』の公式のアダプテーションに位置づけられることはない『白鯨との闘い』は、枠物語にキャラクターとしてメルヴィル自身を登場させ、彼がニカーソンの実話をきいたことをふまえ『白鯨』を完成させるという後日談的エピソードを組み込むことによって、『白鯨』

との間に新たなストーリーワールド的な融合が生じさせているのです。というのも、『白鯨との闘い』のストーリーワールドの中に言及される『白鯨』が、私たちのこの現実世界で知る『白鯨』とは異なる物語であり、もしかするとエイハブもスターバックも死なない物語である可能性をも暗示しているのではないかということを、私たち物語の受容者に想起される効果を生むからです。

　生きて恋人の元に帰るエイハブなどありえないという向きも当然あるでしょうが、『白鯨との闘い』の結末を経験した後では、物語の受容者は、『白鯨との闘い』とあの異端ともいえる 1926 年版『海の野獣』や 1930 年版『モービ・ディック』の物語内容とのつながりを考えないわけにはいきません。そうです、私たちはチェイスやポラードの姿に、1926 年、そして 1930 年映画版のエイハブを重ねないわけにはいかないはずです。そうなると、たしかにあまりにいい加減な物語的解決であり、メルヴィルの原作に対する冒涜とさえ思えてしまう映画アダプテーションでさえ、実はメルヴィルの考えたかもしれない結末のひとつであると想定することが可能なのではないでしょうか。チェイスとポラードの物語はエイハブの生き残る筋書きの変形のひとつであるともいえます。そう考えるなら、『白鯨との闘い』を『白鯨』の物語更新のひとつとして受容することが十分に可能になってくるでしょう。ある意味で、『白鯨との闘い』こそが、劇中でキャラクターのメルヴィルが書いたこの世界での『白鯨』そのものかもしれない

という幻想を、この映画アダプテーションは私たち物語の受容者に見せてくれているのかもしれないのです。エイハブが死ぬことも、そして死なないこともあるというあらゆる物語的可能性をもった『白鯨』と、その名のもとに集約可能な物語の総体がそこにはあるのです。

5. リメイクの諸相 ── 物語更新の境界領域

　物語がジャンルやメディアの変更などをともないながら別の物語へと更新される文化的創造行為、あるいはそれにより生み出される作品を考察すること、それが物語更新理論の目的です。アダプテーションとリメイクの差異化をめぐる錯綜した状況についてはすでにふれましたが、ここでめざしたいのは、これら2つの現象の間に境界線を引くことではありません。ましてや、どちらかがもういっぽうの下位集合となるような事例から帰納法的に物語更新理論を構築しようというわけでもありません。以下、このような理論的枠組みをいくつかの具体的事例を引き合いに出しつつ検討してみることで、リメイクとアダプテーションをめぐる差異化についてもさらに考えてみたいと思います。具体的に取り上げる作品にはジャンルやメディア面での偏りがあります。これは、物語更新をめぐる理論的射程の問題にもかかわるのですが、別の根拠もまた作用しています。そのことについてはまた後でふれることにします。

まずは、『機動戦士ガンダム』のいわゆる「宇宙世紀シリーズ」を例にとって説明してみましょう。引き合いに出すのは、ファーストガンダムと称され、後に劇場版が制作された第一作のテレビアニメ『機動戦士ガンダム』(1979-80年)と、この作品でキャラクター・デザインを手がけた安彦良和によるマンガ・アダプテーション『機動戦士ガンダム THE ORIGIN』(2001-11年)です。『THE ORIGIN』には「原案矢立肇・富野由悠季」とあります。これは、最初から現在に至るまですべての『ガンダム』シリーズにおいて「原作者」としてクレジットされている名前です。『THE ORIGIN』はファーストガンダムの物語内容をふまえて書き下ろされたものなので、ソース・テクストは『機動戦士ガンダム』にまちがいありません。「原作」と「原案」の違いについては本稿の主旨から外れることになるので詳述は避けたいのですが、簡単に言えば、ソース・テクストとの結びつきの違いを表していると考えればいいでしょう。つまり、原案表記されたアダプテーションは原作表記のそれよりも物語内容のリメイクの度合いは自由だと考えていいわけです。実際のところ、『THE ORIGIN』の物語内容は全体的にはファーストガンダムの世界観をふまえた構成になってはいますが、キャラクターの設定から物語展開に至るまで自由に再創造が実践されています。以上をまとめると、『THE ORIGIN』はファーストガンダムのかなり自由な再創造プロセスを経て制作されたマンガ・アダプテーションであり、その物語内容は柔軟なアダプテーションのあり方に

もとづいて、文字どおり「オリジン（原点・原典）」と呼ぶにふさわしい、再創造的なリメイクが果たされているといっていいでしょう。

　ちなみに、現在のところ『THE ORIGIN』のアニメ化作業は今も進行中ですが、これが完成した場合はもちろん、安彦原作の『THE ORIGIN』をソース・テクストとしたアニメ・アダプテーションということになります。ただ気になるのは、このアダプテーションとファーストガンダムとの関係です。つまりマンガ原作のソース・テクストがアニメ『機動戦士ガンダム』であったわけですから、アニメ版『THE ORIGIN』には２つのソース・テクストが想定されることになります。直近のソース・テクストのみを対象とするなら問題はありませんが、たとえばマンガ版『THE ORIGIN』において更新されていた物語内容が、全23巻の内容をすべてアニメ化することは作品の尺の問題から困難であると思われます。あるいはもしかすると物語展開に何らかの変更が要請され、その際に世代を超えてファーストガンダム（テレビアニメ版、劇場版３部作）の物語内容のうち、マンガ『THE ORIGIN』ではリメイクされなかったエピソードなどについても、アニメ版には何らかの形で取り入れられ、新たな『THE ORIGIN』の物語内容として更新される場合もないとはいえませんし、実際そうなってもいます。そう考えると、この作品のアダプテーションを取り巻く状況は、後でふれる『宇宙戦艦ヤマト』の物語更新のあり方よりもはるかに複雑な様相

を呈する可能性もありえない話ではないでしょう。ちなみに、ファーストガンダムのストーリーワールドから派生した作品はそれこそ無数にあります。たとえば、近年の『機動戦士ガンダムUC』や『機動戦士MOONガンダム』などファーストガンダム関連の派生作品は創作され続けています。

　２つ目の例として、商業的効果をねらってあらかじめ複数のメディアで作品および関連商品などのリリース展開を行う、いわゆるメディアミックス作品として企画された作品について考えてみましょう。とりわけ後発の派生作品が、ほぼ同時並行的に展開されたテレビアニメとコミック本の両方を原作(ソース・テクスト)として物語更新は実行されている例です。後発的に展開されたアダプテーションあるいはリメイクの典型的な事例としてあげることのできる作品のひとつは、永井豪原作の『キューティーハニー』(1973年)です。この作品の場合、メディアミックス展開されたマンガとアニメであるため、どちらが原作か規定しにくいところがあります。ただし、たとえばオリジナル作品として制作されたOVA『新・キューティーハニー』(1994-95年)は、永井豪原作のアニメ版のメディア変更をともなわないセルフ・アダプテーションのような形態をとっているようですが、実際には物語内容は先行作品の続編としての扱いであり、「反復と差異化」を同時に行うというリンダ・ハッチオンによるアダプテーションの基本定義を考慮に入れるなら、この作品は、前に紹介したレイチェル・キャロルの用語でいうところの「リ

ワークト・テクスト」(reworked text)ではあるのですが、続編であるという位置づけがある以上、厳密な意味での「反復」ではなく、アダプテーションには該当しないと考えるのが適当でしょう（ちなみにハッチオンは、前日譚、後日譚、あるいはファンによる二次創作の類はアダプテーションには該当しないと述べています）。しかし、キャラクターや物語世界の基本設定や世界観を利用して物語を語り直しているという点では、物語内容を構成する基本設定をソース・テクストから移植しており、リメイクの範疇で語ることのできる作品であることに変わりはないともいえます。

もっとも、『新・キューティーハニー』の2年後に制作されたテレビアニメ『キューティーハニーF』(1997-98年)については別の意味で注意する必要があります。この作品は、もともとは少年マンガのジャンルに帰属していた1973年版『キューティーハニー』の基本設定を、少女マンガへとフォーマット変更することで更新された物語です（この作品もやはりメディアミックス展開されましたが、掲載雑誌は『ちゃお』をはじめ、小学館学年誌などとなっています）。永井豪が原作者であることは変わりませんが、メディアミックス展開の性質上、同時展開されたマンガ版翻案者の飯坂友佳子がアニメ版の実質的な「原作者」として企画参加していることが興味深いところです。こういった特殊な状況は、『キューティーハニーF』自体の放送枠が『美少女戦士セーラームーン』シリーズを引き継ぐ（美少女アニメの視聴者を継続的に獲得する）

ためのものであったと思われます。ついでながら、アニメシリーズには実写映画作品『キューティーハニー』(2004年)からスピンオフ製作されたOVA『Re: キューティーハニー』(2004年)もあります。

さらに注目すべきは、2007年のテレビ実写アダプテーション『キューティーハニー THE LIVE』です。興味深いことに、この作品でキューティーハニーを演じた原幹恵とシスターユキ役の竹田真恋人がともに『キューティーハニーF』を視聴していたことをインタビューで語っています（テレビ東京『キューティーハニー THE LIVE』番組公式ウェブサイト内「スペシャルコンテンツ」より）。その意味では、直接にはオリジナルである1973年版『キューティーハニー』の実写テレビドラマ・アダプテーションであるいっぽう（永井豪の名が原作者としてクレジットされており、永井は第26話では如月博士役としても特別出演も果たしています）、この場合とりわけ出演俳優の演技をとおして、『キューティーハニーF』のテイストが加味され、結果的に物語内容のリメイクに影響を与えているとも考えられます。もちろん、制作スタッフとしては、直接のソース・テクストのみならず、先行するその他のアダプテーションについても自由に選択し、物語内容のリメイクに取り入れることが可能であり、この点が連動している可能性もないとはいえません。つまり『キューティーハニー THE LIVE』のソース・テクストは1973年版であり、同時にまた部分的には『キューティーハニーF』でもあ

るということです。『キューティーハニー』の物語マトリクスは、その後も、実写版アダプテーション『CUTIE HONEY—TEARS—』(2016年) が公開され、2018年4月からは、新アニメシリーズ『Cutie Honey Universe』が放映予定となっており、さらなる拡大する可能性がひめられているようです。

次にメディアミックスによるアニメ原作と実写版、およびアニメ・アダプテーションが再び制作されたもうひとつの例として、「宇宙戦艦ヤマトシリーズ」について考えてみたいと思います。第1作にあたるテレビアニメ『宇宙戦艦ヤマト』(1974年) は、西﨑義展を原作者としてクレジットしていますが、あわせて監督として参加した松本零士によるマンガ版がメディアミックスミックス的に展開されていることが特筆すべきポイントです。この作品からは多くの劇場版・テレビ版が制作されています。そのため続編等の扱いを含めた物語の全体像はある意味で拡散的とさえいえるほど広範囲におよぶものとなっています。『宇宙戦艦ヤマト』の物語マトリクスを考えるには、西﨑と松本との間の著作権をめぐる法廷での争い等の問題も検討しなければなりませんが、この点についての詳述はここでは割愛し、物語テクストの分析に集中したいと思います。そのためにどうしても取り上げておきたい作品のひとつは、上記1974年版アニメをソース・テクストとする実写版アダプテーション『SPACE BATTLESHIP ヤマト』(2010年) です。アニメから実写へとジャンル・メディアの変更が行われていますが、実写版の物語展開は基本的には

アニメ1974年版にもとづく部分がもとになっています。ただ、それだけではなく、アニメ続編にあたる劇場版またはテレビアニメ版における物語展開も混合されており、その結末は直接のソース・テクストとは大きく異なったものとなっています。物語展開の全体像としては、ソース・テクストにおけるイスカンダル星往復の苦難の旅と地球の救済を基本的にはなぞりながら、自由にリメイクされています。この点については、そのすべてを複数のソース・テクストからのアダプテーションに帰することは早急に過ぎるでしょう。紙面の都合で詳細に具体的エピソードを探ることはできませんが、要するに先行する複数のテレビアニメおよび劇場版をソースとする複合的な物語更新がここでは行われ、結果として異なる結末へと導かれる物語内容のリメイクが達成されているのです。

　では、『宇宙戦艦ヤマト』の物語マトリクスに属するその他の作品の物語更新をあとづけてみましょう。たとえば、1974年版の直接のリメイクである『宇宙戦艦ヤマト2199』（2012-13年）についてはどうでしょうか。この作品も西﨑義展が原作者としてクレジットされています。ただ、本作自体もまた、公式ノベライズ版、コミカライズ版、果ては劇中の艦内放送をインターネットラジオで再現したネットラジオ版に至るまで、多彩なメディアミックス展開がはかられています。それに加えて、第1作が制作された1970年代なかばから2010年代への時代状況の変化、科学的考証の進歩、そして制作ス

タッフの世代交代のために、物語の細かな設定矛盾の解消、キャラクターの人物造型や作画の変更、世界観そのものの転換といった事象などが作用し、物語内容はソース・テクストのそれからはかなりリメイクされたものとなっています（賛否両論があるようですが）。また、『宇宙戦艦ヤマト2199』は、物語内容の大きな流れとしては、第1作のそれをたどるものとなっていますが、全26話中のいくつかにはオリジナルのエピソードが加えられることで、単なる旧作の再現ではなく、新たな物語内容のリメイクが作品そのものを支えていることを暗に物語っています。なお、2014年にはこのシリーズの総集編と完全新作の劇場版が公開され、さらには2017年には続編にあたる『宇宙戦艦ヤマト2202 愛の戦士たち』が全7章の予定で分割公開されています。新たなリメイク作品のリリースが、既存のシリーズおよびそれらのソース・テクストとの関連も含んだ物語内容のリメイクの問題はさらに複雑なものになっていく可能性があります。

その他、アダプテーションやリメイクを物語更新の具体的あらわれとしてとらえる上で興味深い作品をあげておきましょう。ひとつは、実写劇場版『ヤッターマン』(2009年)。これはもちろんタツノコプロによる『タイムボカンシリーズ ヤッターマン』の映画アダプテーションなのですが、これとほぼ同時期にタツノコプロが新作したアニメ『ヤッターマン』(2008年)と比較してみると興味深い特質が発見されます。もちろん、まちがいなく両者は、『タイムボカンシリーズ』を

ソース・テクストとするアダプテーションであり、どちらも原作の主人公ヤッターマンの2人やドロンボー一味の立居振る舞いの織りなす喜劇性を、恋愛感情なども絡めつつあくまでパロディ的に再現して現代的にアップデートしているのですが、それぞれの物語内容のリメイクを比較対照することによって、物語更新にかかわる相互影響関係が見えてきそうですね。これとあわせて、2015年のスピンオフ・アニメ『夜ノヤッターマン』なども、リメイクの系譜を探る上で見逃せないでしょう。ちなみに『タイムボカンシリーズ』全体については、第1作『タイムボカン』のリメイク・アニメ『タイムボカン24』（2016年）、およびその続編『タイムボカン逆襲の三悪人』（2017年）もあります。

　宮崎駿監督の劇場長編アニメ作品『風立ちぬ』（2013年）も取り上げるべき重要な事例です。この作品は、宮崎監督自身が雑誌掲載した同名マンガをもとにアニメ映画化された、いわばセルフ・アダプテーション（＝自作の翻案）です。ただ注意すべきポイントは、よく知られているように、物語は主人公である実在の堀越二郎の伝記的事実を基本設定としつつ、同時に作品タイトルからも容易に推測できるのですが、堀辰雄の『風立ちぬ』（1938年）の物語内容からも着想を得たものだということです（作品自体にもクレジットされています）。つまり、アニメ映画『風立ちぬ』は、自身の同名マンガ作品を主要なソース・テクストとするセルフ・アダプテーションであると同時に、堀越二郎にかんする伝記的出来事と堀辰

雄の同名小説それぞれの物語内容を組み込んでリメイクされているのです。

　以上いくつかの作品を渉猟しながら実例を引き合いに出し、リメイクやアダプテーション作品についての考察を試みてきましたが、そこから次のようなことが言えるでしょう。要するに、ジャンルやメディアの変更を前提として物語更新が行われる場合には、もちろん乗せ換えられるのはソース・テクストから抽出された物語内容にほかならないのですが、結局はその実現は表現媒体なしには不可能であり、その意味ではこの場合のポイントはあくまで物語言説の変更にこそあるのです。したがって、考察の焦点はリメイクされた物語内容だけではなく、表現形態としての物語言説にも当てられなければならないということになります。ソース・テクストとリワークト・テクストを一対一の関係でとらえる場合にはこの方法が有効だといえます。とはいえ、この章で検討してきたことからいえることは、アダプテーションとリメイクの区別の境界線を正確に確定することは困難だということです。ただし、どのように物語を表現するかというジャンルやメディアに関連した物語更新のプロセス、すなわち物語言説の変換のありようを無視することはできません。つまり、リメイクと呼ばれようと、アダプテーションと呼ばれようと、物語の更新にはそのプロセスにかかわるストーリーワールドの変換こそ、もっとも重要なポイントとなるのです。なお、この章で取り上げた作品に偏りみられることについてはすでに

言及しましたが、その重要な根拠については、メディアミックスが実践されている作品がいまだ限られている状況に帰されるのではないでしょうか。今後そのような作品がふえれば、いやすでにふえる状況は続いているのですが、単独のタイトルの物語が複数のメディアで同時展開されるという文化的な状況はますます当たり前のこととなり、だからこそ、ソース・テクストとリワークト・テクストとの関係性が、アダプテーション元とアダプテーション先、もしくはリメイク元とリメイク先との一方向的な流れでは語りつくせないことを前提として、物語更新という現象をみていくことが必要となってくるのではないでしょうか。そうであるならなおさら、アダプテーションとリメイクをめぐる物語更新理論のさらなる整備が必要ということになるはずです。

6．予型的なストーリーワールドの変換 ――『ウルトラマンStory 0』

トランスメディア物語論 (transmedial narratology) とは、物語の構造が、あるメディアから別のメディアへ移行するプロセスを経てどのように変化してゆくかを研究する学問です。ここでは、アダプテーションをトランスメディア的な物語更新のひとつであるととらえ、そのメカニズムの考察を試みたいと思います。トランスメディア物語論の関心と物語更新理論との関連を考える上で、アメリカの物語論者デイ

ヴィッド・ハーマンによる「ストーリーワールド」の概念についてここであらためて確認しておきましょう。かいつまんでいうと、ストーリーワールドとは、物語の受容者の内面に形成される、ある種のメンタル・モデルであり、誰が誰にどこでどのように何をするかなどに関して語られる状況や出来事の総体を指す概念と定義されます。物語は（小説であれ、映画であれ、舞台であれ、ゲームであれ）そのようにして受容者の内面に形成される虚構の物語世界のイメージとして定着してはじめて受容されるのであり、そうしたイメージの創造と修正は、物語の受容の経験に応じた可変的な見取り図のようなものとして想定されています。

　さて、こうしたストーリーワールドの概念をたよりにしながら、物語更新の具体的事例としてここで取り上げるのは、昭和40年代はじめから現在まで続く円谷プロ製作の「ウルトラシリーズ」のうち、とくにその実質的はじまりにあたる『ウルトラマン』（1966-67年）以降の、後にM78星雲出身のいわゆるウルトラ兄弟と呼ばれるヒーローたちの活躍する作品とそこから派生する物語です。具体的には、『ウルトラマン』から『ウルトラマンメビウス』（2006-07年）、またこれらと同じ時系列に属するテレビシリーズとその映画版、さらにはその前史にあたるとされる物語を軸とするマンガ・アダプテーション『ウルトラマン Story 0』（2005-13年）とを比較して、後続するエピソードを先行するエピソードが予表するいわゆる予型論的視点を導入しつつ考察を進めていきます。と

ころで予型論といえば、もちろん本来はユダヤ=キリスト教で実践されてきた聖書解釈法、つまり新約聖書に記された出来事が旧約聖書において叙述される出来事にその予表的ひな形を見出す解釈のあり方を指します。ただしここでは、予型論を物語更新のひとつのモデルとして、あくまで分析の上で概念的に援用することにとどめます。しかしいずれにせよ、時系列的には先行する出来事が、後続するエピソードを予表することによって、いったいどのような物語的効果が生まれるのかを解明してみたいと思います。

『ウルトラマンStory 0』は、真船一雄作(円谷プロダクション監修)のオリジナル作品です。2005年より『月刊マガジンZ』誌(現在は休刊)に掲載が開始されて以来、コミックス全16巻が公刊されています。新たな物語が展開するとはいえ、物語全体の流れが既存のテレビシリーズと関連性をもたないというわけではありません。簡単にいうと、『Story 0』の物語設定は基本的にウルトラシリーズの公式設定に」もとづく部分と、その細部は、厳密な意味合いでは依拠していない部分が両立しているのです。そうすることで、旧作の設定を無効化しない限りにおいて、自由で柔軟な物語解釈が施されているといったほうがいいでしょう。その結果、独特の物語更新が実践されることになったのです。このことは物語の発端部分から確認することができます。たとえば、ウルトラマンの故郷の星である「光の国」誕生の物語(第1巻第1話「ウルトラの国崩壊」)は、一見ウルトラシリーズの公式設定に沿っ

たかたちで創作されているようですが、実際には細かい設定については大胆な改変がなされ、独自の解釈にもとづいた物語が展開されています。この改変が、事実上の原作に相当するテレビシリーズと『Story 0』のストーリーワールドとのつながりを考える上で果たす役割は決して少なくはありません。この点を考察するために、ここではまずウルトラシリーズ全体の公式設定を確認して、その上で関連する具体的エピソードについて物語更新的見地から検討を加えてみましょう。

　ウルトラマンの故郷が大宇宙のはるかかなた、M78星雲の「光の国」（あるいは「ウルトラの星」とも呼ばれます）と設定されています。もっとも、この星やウルトラ戦士の誕生をめぐる詳細な前史については初期から存在するのではなく、いわゆる後付け設定として、公式あるいは非公式に設定が追加されていった結果として確立されていったものです。とくに昭和40年代末、第2期ウルトラシリーズの放映中（『帰ってきたウルトラマン』以降）に当時の児童向け学年誌などをつうじて形成されていったシリーズ全体のストーリーワールドを言い表す物語設定のうち、「ウルトラの国」の誕生をめぐるものに目を向けてみると、それは26万年前のこととされています。もう少し詳しく見てみましょう。後に光の国と呼ばれることになる星の太陽が爆発し、光が失われてしまいました。生命の危機にさらされたこの星の科学者たちは、失われた太陽光線をふたたび取り戻すべく、人は太陽プラズマス

パークを開発し、その打ち上げに見事成功します。しかし、新たな太陽であるプラズマスパークから照射されたディファレータ光線を浴びたこの星の人々の身体は驚くべき変容をとげたのです。もともと地球の人間の容姿に似ていたとされる彼らですが、その外観だけでなく、身体機能そのものもまったく変わってしまいました。意図せずして獲得した強靭な肉体と驚異的な身体能力は、まさに超能力といっていいものであり、それらを身につけた人々はいわば超人（すなわちウルトラマン）となったのです。

ところが、『Story 0』ではこうした一連の物語内容の年代設定が大幅に変更され、およそ３万年前の出来事となっている点には注目しておく必要があります。実は３万年前といえば、ウルトラシリーズの公式設定では、ちょうどエンペラ星人による光の国への侵略が起こり、ウルトラの父を中心としたウルトラの戦士たちは激しい戦いの末にこれを退けるという、いわゆる「ウルトラ大戦争」（あるいは「ウルティメイトウォーズ」とも呼ばれます）が起こった時点と符合します。つまりこうした設定変更によって、本来なら光の国の誕生にまつわるエピソードにはまったく関与していないはずのウルトラ兄弟（ゾフィーを隊長とするM78星雲の宇宙警備隊員のなかで、基本的に地球防衛の実績のあるウルトラマンやウルトラセブン、また彼ら以降同様の役割を果たした、いわゆるウルトラマンシリーズのヒーローたち）を、『Story 0』の冒頭を飾る光の国誕生のエピソードに絡ませることが可能に

なったのです。もっとも、出来事の時系列に整合性を追求するなら、公式的には２万５千年歳とされるゾフィーや同じく２万歳とされる初代ウルトラマン、またそれよりも若い年齢であると設定されている他のウルトラ戦士たちが３万年前のウルトラ大戦争に加わるには、これとは別のストーリーワールドが想定されなければ不可能であり、単純にテレビシリーズと『Story 0』のストーリーワールドを重ねて考えるためには、こうした矛盾をはらんだ設定変更を受け入れるしかありません。

では、『Story 0』におけるウルトラの星誕生のエピソードについて、より具体的に見てみましょう。第１話「ウルトラの国崩壊」において明かされるウルトラ族の誕生には衝撃的な内容が含まれています。というのも、ウルトラの星の人々が気づかないうちに、宇宙全体を騒乱状態へと導くバルタン星人の策略にプラズマ太陽の打ち上げが利用されてしまったのです。かくして、ディファレータ光線が全宇宙へと照射され、異常進化した変異生物（いわゆる怪獣）があらゆる場所に出現するようになってしまいました。ウルトラの戦士たちが広大無辺の宇宙へと向かうことになったのは、この悲劇的出来事を経てからのことなのです。つまり不徳にも侵略者の介入を許し、全宇宙に破滅の種をまいてしまったことへの責任感が、命がけで宇宙平和を守る自己犠牲的行動へとウルトラ戦士たちを駆り立てたのです。

ともあれ、テレビシリーズの物語的先史として２６万年前

と設定されていた出来事をあえて3万年前に再設定することによって、『Story 0』は物語の展開に柔軟性をもたせているといえます。ウルトラの国の誕生にウルトラ戦士の闘いを絡めることで、新たな物語展開の可能性が加わり、それによってテレビシリーズとのストーリーワールドの結合が暗示されていることはまちがいありません。

さて、ウルトラの国誕生のエピソードをめぐる設定変更と物語改変を分析することで次のような特質がわかります。ウルトラシリーズの公式設定と『Story 0』において時系列的関係を見直すことで更新された設定は、ウルトラ戦士たちの設定年齢との矛盾が典型的に示しているように、なるほどたがいに相容れないものです。しかし逆に考えるなら、これはウルトラ戦士が地球を来訪するまでのいわゆる前史的な物語を、テレビシリーズに接続して描き出すことを容易にしているともいえます。このような物語的連関にもとづいて展開されるのが、すでにテレビシリーズにおいてよく知られたエピソードや設定を若き日のウルトラ兄弟の物語へと予型論的に転用する物語更新にほかなりません。以下では、『Story 0』のエピソードの中からいくつかこの点を例証するものを取り上げてみたいと思います。

まずは次のエピソードを検討してみましょう。『Story 0』の第8話「断ち切られた絆」(単行本第2巻)です。主人公はウルトラマンA(以下「エース」と表記します)。もし『Story 0』の読者に『ウルトラマンA』をテレビやDVDでみた経験

があれば、おそらくその第1話「輝け！ウルトラ5兄弟」の一場面が想起されることでしょう。後にエースの人間体として選ばれる北斗星司と南夕子の出会いが描かれるエピソードです。『Story 0』におけるエースの出自をめぐる第8話の物語展開は、これをふまえたものと考えてまずまちがいないでしょう。つまりこうした物語的連関の形成によって、エースと女戦士ルティアとの別れの物語が、星司と夕子の出会い（そして作品なかばで、月の住人の末裔であった夕子が月に帰ることによる別れ）をあらかじめ「予表」していることがわかってきます。幼馴染みであり、またともに戦う仲間でもあり、おそらくはたがいに魅かれあってもいたエースとルティアの愛と不幸な別れが ── 彼女は敵の手に落ちて操られその手先となりますが、最後は自分を犠牲にしてエースの窮地を救います ── 、星司と夕子に対して変身に必要なウルトラリングを託したことの、またそれと同時に2人の出会いを、エースとルティアがかつてそうであったように、なおさら運命的なものとして読者に再解釈させる契機ともなっているのです。あるいは、『Story 0』のこのエピソードを読んだ後に『ウルトラマンA』の第1話を受容したとすれば、超獣の攻撃から人々を救おうとしたときに偶然星司が夕子と出会った際に彼女に見せた何かハッとしたような印象の表情、単にその美しさに魅了されたのではなく、まるですでに知っている人に思いがけず再会したときのような驚きにも似た表情に気づかされるはずです。それは、エース自身の遠い記憶

とシンクロするものである可能性を、読者（視聴者）が実感されるからこそ認識可能な、2つの異なる物語のストーリーワールドの融合であり、それはまさに物語の更新にほかなりません。

　これに類似した例をもうひとつあげましょう。それは、ウルトラセブンこと地球での仮の姿モロボシ・ダンと地球防衛軍ウルトラ警備隊員友里アンヌとの間に芽生える淡いロマンスとの関連を暗示する方向で更新されたと思われるエピソードです。具体的には、コミック第4巻第16話「争乱の星」、同第17話「通じ合う心」、第9巻第39話「復活怪獣軍団！」、同第40話「光の使者」で一連のエピソードが展開されます。それでは物語の流れをたどってみましょう。宇宙の平和を守るべく光の国を飛び立ったセブンに、ひとりのウルトラウーマンが同行します。女性ウルトラ族から構成された銀河十字隊と呼ばれる救援部隊の一員アルフォンヌです。そして、はるか昔の地球に降り立ったセブンとアルフォンヌは、そこで起こった怪獣たちとの激しい戦いの末、地球の平和を守り切ります。しかし、アルフォンヌはピンチのセブンをかばったことで瀕死の重傷を負ってしまいます。エネルギーを使い果たした彼女は、かろうじて一命はとりとめたものの、ウルトラマンとしての姿を保つことができず、人間体のまま地球にとどまることを選択します。ところでアルフォンヌという名ですが、これは明らかにアンヌへのオマージュ的な変名であると考えられます。また物語の舞台が地球であるということも

考え合わせると、後の友里アンヌは、もしかするとアルフォンヌのはるか未来の子孫ではないかという可能性さえここに読み取ることができるかもしれません。だとすれば、遠い未来の地球をふたたび訪れることになったセブン（ダン）が、そこで出会ったアンヌに対して特別な、運命的とさえいっていいほどの感情をもったとしても不思議ではないと解釈することもできます。そのように自然に思われてしまう新たな物語的連関が、『ウルトラセブン』と『Story 0』の間に形成されているのです。これもひとつの物語更新です。

　さらにもうひとつ別のエピソードを取り上げてみましょう。コミック第4巻第18話「囚われの街」と第5巻第19話「新たな旅立ち」です。これらは、『ウルトラマン』第7話「バラージの青い石」をふまえた一連のエピソードとなっています。ここでの主人公はゾフィーです。ゾフィーが訪れる砂漠の街の名はもちろんバラージ。そしてこの街を治める女王はチャータム。そして神殿には「玉座の鉱石」が祀られています。『Story 0』の作中では、この不思議な鉱石がこの星（つまり地球）の意思と連動し、それに応えるかのように、奇跡的な力を発揮します。バラージの街を蹂躙する磁力怪獣アントラーの脅威にソフィーは立ち向かいますが、苦戦します。時系列的にはこれよりはるか後に、初代ウルトラマンもこれと同様の状況に陥ります（「バラージの青い石」）。戦いのさなか、ゾフィーは玉座の鉱石が星の意思そのものを具現化した存在であることに気がつきます。そして地球の意思と感応し

たゾフィーの意識にみずからの意識も重ね合わせたチャータムは、鉱石を怪獣に投げつけます。この星の守護神と一体化した青い石は、絶大な力を発揮してアントラーを葬り去ります。バラージの街を守ったのが、ゾフィーという光の国からきた巨人の力と、「星の声の宿る」青い石の力との連携であったことが、「バラージの青い石」において、ウルトラマンの姿をかたどったノアの像と、そこに祀られている青い石の存在が物語る伝説こそ、かつてゾフィーが地球を守ったことの証しであることを、『ウルトラマン』のエピソードを知る『Story 0』の読者は知ることになるのです。

『Story 0』とテレビ版ウルトラシリーズのストーリーワールドは、さきほども述べましたが、もちろんそれぞれ独立した別個のものなのですが、両者はいわゆる別宇宙のパラレルワールドであるというわけでもありません。そうではなくて、あくまで同一の世界観にもとづいたひとつづきの物語として、時系列的に何らかの因果関係を保ちながら生起し、またそのように連続する物語として受容される余地も残して展開しているのです。両者の物語更新的関係性を分析する上で見逃すことのできない重要なポイントは、時系列的には『Story 0』のエピソードに後続するテレビシリーズの物語内容がリメイクされて、今度は作品発表の順番では後続する『Story 0』の物語に埋め込まれ、それがいわば予型論的に後続する物語内容を逆照射する形となっていることです。たとえば、すでにみたように、『ウルトラマンA』において北斗星

司と南夕子がウルトラリングを授けられるのは、ウルトラマンＡとルティアとの忘れられない思い出と深く関係している可能性があること、またダンとアンヌの淡い恋愛関係は、セブンとアルフォンヌとの間柄の再現であり、アンヌとアルフォンヌの間にもまた何らかの関係性を読み取ることができること、さらには初代ウルトラマン以前にゾフィーが地球を訪れていた事実が、「バラージの青い石」に登場したノアの像にまつわる伝説の真実を証明しているといったように、『Story 0』の各エピソードを確認することで、過去のウルトラシリーズからの物語更新プロセスがより明確に理解されるでしょう。あるいは、紙面の都合によりここで詳しく述べることは避けますが、ウルトラマンジャック（『帰ってきたウルトラマン』）が変身アイテムを必要としないという特異な設定が、実はかつて彼が戦いの中でアイテムを失いながらも、絶望を乗り越えることによって、精神的に成長し、自分以外の誰かを守るという強い意志をもつことで、やがてはアイテムの介在なしにみずからの内に秘められた光を解き放つ術を身につけたことも（第２巻第５話「失われた力」、同第６話「勇気をともに！」を参照してください）、時系列的に逆成された物語展開の例に数え上げることができるでしょう。これらの例からもわかるように、『Story 0』で再構成された物語は、既存のウルトラシリーズの裏側に想定されるいくつかの謎に対する物語的解決の可能性の一部を新たに創造したものであり、それがまるで予型論的にシリーズ全体（これを『ウルト

ラシリーズ』の物語マトリクスと呼んでもいいでしょう）を補完する役割も果たしているのです。

　さて、『Story 0』がいわゆるウルトラ兄弟の活躍を中心とするウルトラシリーズの前史的位置づけを担う物語であることについてはすでにふれました。製作順としては先行するテレビシリーズ全体と『Story 0』とを横断的に経験する物語の受容者は、少なくともシリーズ第1期から2期まで（つまり、『ウルトラマン』から『ウルトラマンレオ』）をひととおり知っていることを求められているともいえるでしょう。若き日のウルトラ兄弟たちの活躍を描くことを宣言する物語の基本的なトーンは、前日譚的エピソードに焦点を当てることによって、シリーズ全体の世界観を継承しつつ、それに新たな意味づけを与えることをもくろんで決定されていると考えることができるでしょう。

　ここで少なくともいえることは、たとえばゾフィーとノアの像との関係、セブンとアルフォンヌとの関係、あるいはエースとルティアとの関係などにまつわる各エピソードは、テレビシリーズやそれに関連した設定を意識していることによって、それだけ豊饒な物語世界を味わうことができる仕組みになっているのではないでしょうか。これらのエピソードの受容者がウルトラシリーズをよく知っているからこそ、それらが時系列的には後のエピソード——実際には、すでに受容した経験のある物語——の予表となっていることに気づくのです。もちろん、そうでなかったとしても、物語は

十分におもしろく、オリジナルな展開を見せてくれるのですが、それでもなお既存のエピソードとの連関を読み解いてこそ、『Story 0』のストーリーワールドは明確なイメージを物語の受容者の記憶に残すことができるのです。

　重要なのは、『Story 0』を受容した読者が理解するストーリーワールドが、ウルトラシリーズの物語的展開の異なった可能性を見せているということです。つまり、時系列的には後続して起こるTVシリーズの物語内容をあらかじめ先取りする形で更新しているというわけです。このように、『Story 0』のストーリーワールドが昭和ウルトラシリーズのそれと接続しているという前提に立って考えるなら、あくまで時系列的に前者は後者を予告し、いっぽうで後者は前者を再現しているという関係になっていることが、あらためて確認されるでしょう。テレビシリーズを中心として歴代ウルトラマンの物語を受容してきた視聴者が、『Story 0』の読者にもなる場合、とくにこのような予表と再現が同時に体験されることとなり、それによってさらに豊かな物語の受容経験が約束されることになるのです。このように、あえて予型的というしかない物語更新が実践されることによって、旧作を知る『Story 0』の読者には、既視感というか、何か懐かしさのような感覚が与えられ、また新たな読者にはウルトラシリーズの世界への水先案内的な役割を担う『Story 0』は、これからもさまざまに受容されていくことでしょう。もしかすると、そこからさらにウルトラシリーズのこれまでにない物語更新

が行われるきっかけとなるかもしれません。

　以上みてきたように、『Story 0』はウルトラシリーズのストーリーを単に焼き直すという意味でのリメイクではなく、またいわゆる仕切り直し的な意味合いでのリブート作品とも異なっています。そうではなくて、たくみな物語更新の結果できあがった新たな物語テクストなのです。予型となるエピソードを旧作から拾い出して、新たに創作されたストーリーワールドに埋め込むことで、時系列的には後続する既存の物語設定との連続性が確保されるのです。これによって、本来はパラレルワールド的なエピソード展開となっても不思議ではなかった『Story 0』の物語が、製作的には先行するウルトラシリーズとゆるやかな連続性を保つ理由にも納得がいくはずです。先行する物語言説から特定の物語内容を取り出し、それを新たなメディアに移植し、自由で柔軟な物語更新が実践されているのです。少なくとも、『Story 0』の物語更新が、テレビ版をソースとして映画、マンガ、舞台、テレビゲーム等、多様なメディアを巻き込みながら今なお展開を続けるウルトラシリーズの物語に大きなインパクトを与えたことだけはまちがいなさそうです。

7. メンタル・イメージとしてのボンドカー ──
　　『007 カジノ・ロワイヤル』

　「007は殺しの番号」。このキャッチフレーズは、もちろん英国秘密情報部員ジェームズ・ボンドの活躍を描いたいわゆる「007シリーズ」のものですね。1960年代のはじめから現在までに通算24作品が世に出され、25作目の製作が決定したことが伝えられている007公式映画シリーズは、知らない人はいないくらいに有名でしょう。ここでは、半世紀以上にもわたってイーオン・プロダクションによって継続的に製作されている映画版007シリーズを具体的事例として取り上げ、この作品にまつわる物語更新について考えてみたいと思います。その作品とは『007 カジノ・ロワイヤル』(2006年)。イギリス作家イアン・フレミングによるシリーズ第1長編『カジノ・ロワイヤル』(1953年)を原作にクレジットした、映画シリーズ第21作です。監督はマーティン・キャンベル。主演は本作から6代目ボンド役として起用されたダニエル・クレイグ。以下ではこの作品を中心に、007公式映画シリーズ全体を考察の射程に入れつつ、とくに主役のボンドが劇中で駆る車、いわゆるボンドカーが作品のストーリーワールドの記憶を呼び出すメンタル・イメージとしてどのように機能しているかに注目することで、物語更新のプロセスにかかわるいくつかの問題について考えていきたいと思います。

　では、『カジノ・ロワイヤル』のあらすじを簡単に紹介して

おきましょう。ジェームズ・ボンドは、秘密情報部（MI 6）の上司Mからソ連の工作員ル・シッフルの資金源を断ち、彼を破滅に追い込めという命令を受けます。ボンドは、ヴェスパ・リンド、ルネ・マティス、フィリックス・ライターといった仲間たちと協力して、カードゲームでル・シッフルを負かしますが、敵にヴェスパを拉致され、みずからもル・シッフルに囚われの身となり拷問にかけられます。絶体絶命のボンドでしたが、ル・シッフルがソ連諜報部の手により粛清されたことで命拾いし、ヴェスパもまた救出されます。諜報部員としての自分の仕事に疑問をもったボンドは職を辞し、ヴェスパとの結婚を考えますが、二重スパイであったヴェスパがみずから命を絶つという悲劇的結末の前にかなわぬ夢と消えます。

　これは厳密にはフレミングの原作小説のあらすじであり、映画版は少し異なっていますが、おおまかなシークエンスは同じです。ですが、2006年版の物語内容は、オープニングにボンドが「007」の名を受けるいたった経緯がわかるエピソードが追加されるなど、細かい部分ではアダプテーションの際に新たに創造された物語的要素も少なくありません。何より、2006年版『カジノ・ロワイヤル』は、近年そのように呼称されることもある、いわゆる「リブート」(reboot)作品です。リブートとは、元々はコンピューター用語で、「再起動」するという意味ですが、ここではあくまで比喩的に、ある作品シリーズを過去作からの流れをすべて一新して、あらたに一か

ら物語を作り直すというような意味でとらえていいでしょう。要するに、単なる物語のリメイクではなく、仕切り直し的な刷新の意味合いも含まれるということです。そういう観点からみると、『カジノ・ロワイヤル』はこれまでの007映画シリーズとは直接的関係をもたず、ボンドの人物造型についても刷新され、その他あらゆる物語的設定をリセットした新シリーズのはじまりを告げる作品であるということになるでしょう。

　とはいえ、単なるリブート作品としてはとらえきれない、原作や先行する映画シリーズとの物語更新的な関係性が『カジノ・ロワイヤル』にはあるのです。それを考察する鍵は、まずこの作品の版権をめぐる錯綜した経緯とそれをふまえた複雑なアダプテーションの歴史にあります。ひとつ押さえておくべきポイントは、007映画シリーズを一貫して製作しているイーオン・プロダクションが、長らくフレミングの『カジノ・ロワイヤル』だけは映画化する権利を取得できていなかったということです。ようやくイーオン・プロダクションがこの作品の版権を得たのは、1999年。この間、公式の007映画シリーズとは別個に、『カジノ・ロワイヤル』の名を冠した映画アダプテーションが製作されています。それは壮大なスケールとドタバタ劇で物語が展開するナンセンス・パロディ映画『カジノ・ロワイヤル』(1967年)で、マニアの間でカルト的人気を博し、映画の物語内容や表現の奇想天外さゆえに映画史にもその名を残している作品です。ついでなが

ら、『カジノ・ロワイヤル』の最初の映像化作品は、実はこの1967年版よりもさらに古く、フレミングの小説が出版された翌年1954年のアメリカCBC製作による単発テレビドラマ『カジノ・ロワイヤル』です。残念ながら、私はこの1954年版を実際に視聴したことがないのですが、関連する文献資料をたどってみると、このテレビドラマ・アダプテーションでは、ボンドは英国秘密情報部員ではなく、アメリカ人の工作員ジミー・ボンドというキャラクターに置き換えられています。これがフレミングの原作に忠実な物語更新を実践しているかは別にして、主要登場人物や彼らを取り巻く背景についての基本設定にはむしろ原作にもとづいている部分もあり、そういう意味では、意外にもフレミングの『カジノ・ロワイヤル』に近い物語内容をもっているといってもいいようです。

さて、フレミングの『カジノ・ロワイヤル』は、ソース・テクストとして1954年版テレビドラマ、1967年版パロディ映画版、そして2006年版映画という3作品を生み出しています。この中で、現在公式007映画シリーズにクレジットされているのは、もちろん2006年版のみです。2006年版『カジノ・ロワイヤル』は、基本的にフレミングの原作小説に忠実な物語展開をめざしつつ、諸設定を現代にアップデートし、オリジナルなストーリーワールドを構築しています。とはいえ、先行する公式007映画シリーズに依拠している部分もあります。たとえば、主要キャラクターやそれを演じる俳優がスピンオフしていることはいうまでもありませんが、それ以上に

重要だといえるのは、特定の物語的設定が受容者に継続的なメンタル・イメージを喚起するという点です。

　では、007シリーズのメンタル・イメージを決定する主要な要素は何なのでしょうか。オープニングを飾る楽曲「ジェームズ・ボンドのテーマ」でしょうか、あるいはこの楽曲にのせ展開されるいわゆる「ガンバレル・シークエンス」でしょうか、それともボンドの自己紹介やマティーニを注文するときの独特の台詞（「名前はボンド。ジェームズ・ボンドだ」、「マティーニを。ステアせず、シェイクして」）でしょうか。たしかにそれらも007シリーズで代々継承されていく重要な要素ではあるのですが、ここで焦点を当ててみたいのは、主人公ボンドの人物造型に大いに貢献する、また物語内容そのものにもより関連性の深い設定です。端的にいうなら、それはボンドが任務やときにプライベートにおいても使用する、豪華でスマートで魅力的な車、いわゆる「ボンドカー」なのです。ポール・シンプソンによれば、ボンドのキャラクター的イメージを決定する要素のひとつとして、彼の自動車好きの側面が強調されているということがあげられます。ボンドと車との結びつきは、今も述べたように、彼のさまざまな諜報活動にかかわる部分から、私生活にまでわたります。ここまでをきいて、ボンドカーとして思い浮かぶのは、イギリスの高級スポーツカー、アストンマーティンだというみなさんも多いのではないでしょうか。それもそのときどきのアストンマーティンの最新車両やプロトタイプカー、ある

いはクラシックなDB 5を記憶している向きもあるのではないかと思います。たしかにそのとおりです。しかし、実はボンドカー＝アストンマーティンは後年定着したメンタル・イメージであり、最初はそうではなかったことは意外に知られていないのです。そのあたりを少し掘り下げて考察してみましょう。

ボンドの車好きが仕事だけでなく個人的趣味であるという設定は、フレミングの『カジノ・ロワイヤル』にその起源をたどることができます。小説からこれに関連する部分を引用してみましょう。

> 車がボンドただひとつの道楽だった。4.5リッターのベントレーで、エムハースト・ヴィリヤーズの加速装置をつけた最終型だった。1933年に新車同様のものを手に入れた後、戦時中も大事にしまっておいたのだった。今でも毎年点検整備を受けており、ロンドンにいるときは、チェルシーにあるアパートの近くの整備工場で働いていた、かつてベントレーのメカニックだった男が手入れに気を配ってくれていた。ボンドはこの車を激しく、巧みに、ほとんど官能的な歓びを交えて操った。

車は彼の「ただひとつの道楽」とまで限定されているのは興味深いところです。ただしその車種は、多くのみなさんが思い浮かべるものとは異なっているはずです。小説『カジノ・

ロワイヤル』からわかるその愛車はベントレーなのです。007映画シリーズのことは知っていて、フレミングの小説を読んだことのない物語の受容者には意外に思われることでしょう。ついでながら、ボンドの愛車ベントレーは、「軍艦のような灰色のコンバーチブルのクーペ」とされています。これについてはいくらか思い当たるふしがあるかもしれませんが、そのことについては後述します。ここで少なくともいえるのは、フレミングの初期設定では、ボンドカー＝アストンマーティンではなかったということです。では、そのイメージが定まったのはいつのことだったのでしょうか。

さてここで確認しておきたいのですが、そもそも映画版007シリーズに登場する歴代ボンドカーはきわめて多様であり、映画第1作『ドクター・ノオ』でサンビーム・アルパイン以降、ボンドは、たとえば、1970年代後半から80年代はじめにかけては、英国車ロータス・エスプリに、また1990年代後半からBMW（Z３やZ８など）に乗り込み、劇中で活躍をみせています。その他実に多くの車をボンドは操っており、必ずしもボンドカー＝アストンともいえないはずなのですが、どうして私たちの多くはボンドカーをアストンマーティンであるとみなすのでしょうか。それはひとえに初期シリーズでのアストンの描かれ方、またその後アストンマーティンのいくつかの車両がどのように物語とかかわってきたかが、私たちの記憶にボンドカーを特定のイメージに定着させるための重要な条件となっているからにほかなりません。そのあ

たりの経緯をたどってみましょう。

　劇中での映画版007シリーズではじめてアストンマーティンの車両が登場したのは、シリーズ第3作『ゴールドフィンガー』(1964年)です。このときのボンドカーとして登場したのがDB 5だったのです。仮にフレミングによる初期設定を忠実に再現するのをめざすのなら、ボンドが乗るのはここでもベントレーでよかったはずです。実際、前作の映画『ロシアより愛をこめて』(1963年)にはベントレーが登場しています。しかし、そうはならなかった理由のひとつとして考えられるのは、フレミングの原作小説『ゴールドフィンガー』(1959年、第7作)においてボンドの乗る車がアストンマーティンであったため、その点に忠実さの焦点を定めたということでしょう。ちなみに小説『ゴールドフィンガー』においてボンドが乗ったのはDB 3です。もっともこれは正式な名称ではなく、正確には1957年から59年まで生産されたDBマークIIIのことを指していると思われます。DB 3というのは、当時のレーシングモデル専用の名称です。単なるフレミングの勘違い、あるいは虚構の名称であると解釈しておきましょう。ボンドは作中このDB 3を駆って、ゴールドフィンガーをスイスまで追跡しています。映画版『ゴールドフィンガー』では、この設定をアップデートし、当時の最新車両DB 5が使用されているというわけです。原作小説の発表時には存在していなかったDB 5が発売されたのは1963年のことです。

もう少し、小説『ゴールドフィンガー』のボンドカー、アストンマーティンについて考えてみましょう。ここで注目しておきたいのは、ここでのアストンはボンドの個人所有車ではなく、英国秘密情報部から支給された任務用の車両であるということです。少し作品から引用してみましょう。

　　ジェイムズ・ボンドはDB3で直線道路の最後の1マイルを疾走し、すばやく3速にギヤを入れ、それからロチェスターを抜けるためには避けられない交通渋滞はじまる手前の短い上り坂でさらに2速へとシフトダウンした。[……]
　この車は秘密情報部からの支給車両だった。ボンドは、このアストンマーティンかジャガーの3.4にしてはどうかと提案されたのだが、DB3のほうを選んだのだった。どちらの車両であっても、ボンドの隠れみのとしてはふさわしかっただろう。なにしろ彼は裕福でかなり冒険好き、贅沢で放埒な生活が好みの若い男ということになっているのだから。とはいえDB3には最新の国際自動車入国許可証、目立たない軍艦のような灰色の外装色、その他役に立つとも立たないともいえそうな装備が取り付けてあったのだが。

　ここにあげた中でも、とくに「軍艦のような灰色の外装色」というのは、上に引用した小説『カジノ・ロワイヤル』での

ボンドの愛車であったベントレーと同色です。英語原文ではbattleship grey となっています。同時にこの色は、「役に立つとも立たないともいえそうな装備」などとともに、そのまま映画『ゴールドフィンガー』に登場したアストンマーティンDB 5 のイメージとして再現されていることを見逃してはいけません。マシュー・フィールドとアジャイ・チョウダリーによると、映画『ゴールドフィンガー』の脚本では、原作小説と同様の追跡場面が存在するにもかかわらず、おもしろいことに、当初は劇中でボンドカーはアストンマーティンではなく、原作ではおなじみのベントレーとなる予定だったそうです。繰り返しになりますが、前作『ロシアより愛をこめて』にベントレーが登場したこととの整合性が考慮されたのではないかと思われます。ところが最終的には、ベントレーは採用されず、代わって小説『ゴールドフィンガー』のDB 3（= DB マーク III）にならうかたちで、DB 5 が使用されたのです。これにより、アストンマーティンの設定が維持され、それがひいては後のボンドカーのイメージとして定着していく契機ともなったのです。

　こうした物語的設定の変遷をたどることでわかるのは、007 映画版におけるボンドカーの誕生とそのイメージの定着に影響を与えたのは、小説『カジノ・ロワイヤル』ではなく、むしろ小説『ゴールドフィンガー』であったということです。映画『ゴールドフィンガー』でボンドがDB 5 を受領する場面も、あくまでその車両はMI 6 から支給されたものとして

紹介されています。『ゴールドフィンガー』以降DB 5がボンドカーの代名詞のようになっていく経緯には、直接のソース・テクストである小説『ゴールドフィンガー』に依拠していることにその根拠を求めることができるでしょう。『ゴールドフィンガー』以前の007映画シリーズでは、『カジノ・ロワイヤル』が映画化されていなかった関係で、ボンドカー＝ベントレーのイメージは定着しておらず、そのため、小説原作第1作からの整合性を想定する必要性がとぼしく、結果的には、むしろそのイメージを刷新し、あらためてボンドカーのイメージを構築することができたわけで、だからこそ映画シリーズ独自の設定として、ボンドカー＝アストンマーティンのイメージを初期設定することがめざされたと考えることができるのではないでしょうか。その設定こそが映画の受容者の記憶に刻まれることになったのです。ちなみに、アストンマーティンがボンドカーに選ばれた最大の理由のひとつは、フィールドとチョウダリーによれば、「もっとも高価な英国製スポーツカーだった」からだったそうです。

　では、映画版ゴールドフィンガー』において、どのようにボンドカー＝アストンマーティンは導入されているのでしょうか。劇中、英国情報局秘密情報部の研究開発Q課の課長QとボンドのQ間で次のようなやりとりが交わされます。

　ボンド　　「おれの車は？」
　Q　　　　「ベントレーは引退さ」

ボンド　　「残念だな」
　　Q　　　　「今回はアストンマーティンだ。DB5の改造車だよ」

　Qは、古いベントレー（『ロシアより愛をこめて』で使われた）に代わって、最新のアストンを投入するといっているわけですね。ということは、小説『ゴールドフィンガー』でボンドが支給車両の中から新たにアストンマーティンを自分の車に選んだように、映画版でもそれまでのベントレーに代わって、新たにDB5を支給されたというわけです。これこそ、フレミングの原作で描かれたボンド＝ベントレーのイメージが、ボンド＝アストンマーティンのイメージへと更新された瞬間と考えることができるでしょう。ついでながら、小説原作のDB3と同様に、映画版のDB5もMI6の支給車両のようですね。Qとボンドのこのやり取りを見る限り、映画版のストーリーワールドでは、ベントレーも支給車両だったことになりますが、小説『カジノ・ロワイヤル』のベントレーはボンドの個人所有でした。この点は異なっていますね。いずれにせよ、ベントレーがアストンマーティンに置き換わることで、これ以降、ボンドカーの初期設定の参照元は、フレミングの小説から映画『ゴールドフィンガー』に事実上移行したと考えることができます。

　ところで、ショーン・コネリー主演の007シリーズにDB5が登場したのは、『ゴールドフィンガー』と第4作『サンダーボール作戦』（1965年）の2作です。コネリーがボンド

を演じたのは、番外編『ネバーセイ・ネバーアゲイン』(1983年)を入れるなら、『ドクター・ノオ』(1962年)から『ダイヤモンドは永遠に』(1971年)まで計7作ですが、そう考えると7作中2作ですから意外に少ないですね。それにもかかわらず、ボンドカー＝DB5のイメージが定着していったのは、初期シリーズが何度もリバイバル上映もしくはテレビ放映されたということはもちろん、すでに紹介したように、その後アストンマーティンの車両が何度も劇中使用されてきたことで、アストンマーティンをボンドカーとするメンタル・イメージが強化されたからだと思われます。この流れをみても、ボンドカー＝DB5イメージが定着し、007シリーズのストーリーワールドを特徴づける重要な要素、つまりメンタル・イメージとして物語の受容者に認識されているからこそ、その後のシリーズにおいても、ボンドカーをアストンマーティンの車両にする設定が継承されていったと考えることができるでしょう。実際、ショーン・コネリーのシリーズ以降も、たとえば、ジョージ・レーゼンビー主演の『女王陛下の007』におけるDBSは、劇中での活躍こそ少ないものの衝撃的なエンディングに使われたこともあり、印象深いですね。ロジャー・ムーア主演時代にはアストンの劇中使用はなかったのですが、1987年公開の『リビング・デイライツ』で4代目ボンド役のティモシー・ダルトンがアストンマーティンV8ヴァンテージを駆り大活躍します。ちなみにこの作品では、ボンド役の交代とあわせた映画シリーズの一貫性を際立

たせるため、ボンド映画のお約束かつきわめて重要な物語的要素のひとつとして、ボンドとアストンのコンビが復活したといわれています。この時点で、ボンドカー＝アストンマーティンのメンタル・イメージは確立されていたと考えてもいいと思います。こうした過去の作品から継承されるメンタル・イメージを何らかの形で再現表象する方向性は、アストンマーティンとのパートナーシップの継続という作品外の状況とも呼応して、ピアース・ブロスナンがボンド役をつとめたシリーズでも引き続き採用されることとなります。たとえば、『ゴールデンアイ』では、ボンドの個人所有車（MI6の支給車ではなく）としてDB5が久々に映画本編に登場し、『ダイ・アナザー・デイ』では最新車種としてV12ヴァンキッシュが活躍します。こうした007映画シリーズをとおしたメンタル・イメージとしてのボンドカーの影響力が、現在のダニエル・クレイグ主演の007シリーズでもなお作用しているわけです。

　しかしこれだけでは、ボンドカー＝アストンマーティンのイメージの定着について十分に説明したことにはならないでしょう。ここまでの考察から推論できることは、映画007シリーズにおいて、アストンマーティンが、とりわけ各時代の最新車種と古典的なDB5の両方が007シリーズを代表するメンタル・イメージとなるのは、以上のようなシリーズ全体に一貫する物語戦略がその土台となって映画製作に作用しているからだと考えることができます。ではその一貫する物

語戦略とは何かを解明するために、ここからはアストンマーティンをメンタル・イメージとして効果的に使った作品の例として、最近のシリーズ4部作をとりあげたいと思います。とりわけにここでは、『カジノ・ロワイヤル』に焦点をしぼり、メンタル・イメージとしてのボンドカーがどのように物語の更新に影響をおよぼしているかについて考察を進めていきます。

　『カジノ・ロワイヤル』でボンドがMI6から支給される車はDBSです。DBSはボンドカーの使用を前提に発表され、映画公開後に市販された車両です。さらにはDBSだけでなく、オマージュ的にDB5まで（ただしここでは左ハンドル車として）顔見世程度とはいえ劇中に登場します。このように、『カジノ・ロワイヤル』は、それまでの設定を刷新しつつ、同時にボンドカーの設定だけは過去作品にもとづかせるという興味深い物語更新をみせています。ただし、おもしろいのはその過去作品というのが原作小説の『カジノ・ロワイヤル』ではなく、映画『ゴールドフィンガー』だと考えられる点です。何しろボンドはベントレーではなくアストンマーティンに乗るのですから。その意味からも、原作小説のベントレーの設定を置き換え、メインのボンドカーとして活躍するアストンマーティンDBSは、過去の刷新と原作への忠実さの追求とをともに実現させた絶妙の設定といえるかもしれません。もっとも、ボンドカーDBSの最後については、原作でのベントレーと同様に、ル・シッフルの罠にかかり拉致されたヴェ

スパを追跡中に、敵の策略にはまり大破する運命にあることは変わりがないのですが。ちなみに、おおまかな物語内容としては、原作とアダプテーションでのシークエンスは同じですが、原作ではボンドのベントレーはル・シッフルの車からまかれた無数の釘に乗り上げ横転するのに対して、映画版のDBSは、縛られ路上に横たえられたヴェスパを回避するためにコントロールを失い大破するというところが異なっています。

『カジノ・ロワイヤル』におけるメンタル・イメージとしてのボンドカーは、フレミングの原作ではボンドの個人所有であったベントレーが、MI6に支給されたアストンマーティンDBSに変更されたことに大きな意味があります。原作のベントレーがそうであったように、古くからボンドが乗り慣れ親しんだ車とは設定されていないDBSは、最新のガジェットを備えつけた最新型車両であり、そうした意味合いでは、映画『ゴールドフィンガー』でのDB5に相当する位置づけと考えることができるでしょう。2006年版『カジノ・ロワイヤル』のDBSは、すでにボンドカーの代名詞とみなされるようになっていたDB5のアップデート版ともいえるでしょう。

では、小説『カジノ・ロワイヤル』でボンドカーが趣味の車であった設定は引き継がれなかったのでしょうか。そこを補完する役割を果たすのが、劇中カメオ的に登場するDB5であると考えれば、一見顔見世程度にすぎないその登場のし

かたにも納得がいくでしょう。つまり、英国秘密情報部支給車両DBSを使用する点では、原作小説および映画『ゴールドフィンガー』の設定を更新し、ポーカーで賞金代わりに手に入れたDB5をボンドが個人所有車とすることで、実は小説『カジノ・ロワイヤル』の設定をも更新したことになるわけです。そうすることで、ボンドカー＝アストンマーティン（最新のDBSとクラシックなDB5）のメンタル・イメージを物語の受容者の記憶にあらためて刻印しているのです。

　近年の4作は、これまでのシリーズ作品とは一線を画した独立したひとつの連続する世界観を形成することを意識して製作されています。一貫するストーリーワールドの構想は007映画シリーズの新たな世界観の形成を可視化する物語戦略として実行され、まさにその過程で、物語のアイコンとしてのボンドカーのイメージが最大限に利用され、同時に初期映画シリーズが定着させている世界観との融合をもまた受容者に意識させるための演出がもくろまれているのです。そのあたりをもう少し検証してみましょう。

　『カジノ・ロワイヤル』以降、現在までの007シリーズは、『慰めの報酬』（2008年）、『スカイフォール』（2012年）、そして今のところ最新作の『スペクター』（2015年）まで、同一の世界観を共有する物語として製作されています。これら3作には直接的な原作は存在しません。実をいうと、『慰めの報酬』だけは、フレミングの短編からタイトルをとっているのですが、物語内容はまったくの別物です。ついでながら、『慰めの

報酬』のオープニングには、ボンドカーとして前作で大破したDBSの別車両が登場し、カーチェイス・シーンで活躍します。前作で大破したボンドカーが次回作の冒頭で再登場するという展開は、『ゴールドフィンガー』と『サンダーボール作戦』のDB5をふまえたものかもしれません。

　話を戻しましょう。リブート作品としての007映画シリーズ最近作のそれぞれの関係性についてもう1点だけ確認しておくと、ダニエル・クレイグ＝ボンドの4作は連続する物語内容をたどっているかのような言い方をしましたが、前作の終わりが次作の冒頭に直接つながっているという意味合いで『カジノ・ロワイヤル』の正式な続編といえるのは『慰めの報酬』のみであり、『スカイフォール』は前の2作と物語内容的に連続しているわけではありません。ただし、『スカイフォール』の物語内容を引き継ぐ続編として『スペクター』が製作されたことはまちがいなく、さらにはその『スペクター』において『カジノ・ロワイヤル』から『スカイフォール』に至る物語内容がすべてリンクすることが示唆されることで、複雑な手続きをたどってはいますが、『カジノ・ロワイヤル』から『スペクター』までの4作は、最終的には一貫する新たな007映画シリーズのストーリーワールドを作り上げている点で、やはりリブート作品なのです。ここにもボンドカー＝アストンマーティンのメンタル・イメージが大いに作用していることはいうまでもありません。

　しかしより重要なのは、2006年版『カジノ・ロワイヤル』

にはじまる007映画シリーズ4作が、単にフレミングの『カジノ・ロワイヤル』を原作とする公式の映画アダプテーション、およびそれに続く物語として完結するだけでなく、先行する映画シリーズ作品の中でも、とりわけ60年代の初期作のストーリーワールドとの融合を示唆していることです。そうした異なるストーリーワールドどうしの結びつきをもまた物語の受容者に意識させるのが、007映画シリーズの場合、ボンドカー、とりわけDB5であったとは考えられないでしょうか。なるほど、『カジノ・ロワイヤル』だけを見る限りDB5は過去作品へのオマージュ的扱いにすぎませんでしたが、後の『スカイフォール』にボンドのプライベートカーとしてDB5が再登場したときには、そのライセンス・プレートは、コネリー時代と同一の「BMT 216A」となっていたことを見逃すことはできません。ということは、『カジノ・ロワイヤル』以降の007シリーズはそれ自体で完結したストーリーワールドをもつだけでなく、ジョージ・レーゼンビー、ロジャー・ムーア、ティモシー・ダルトン、ピアース・ブロスナン各主演のシリーズを飛び越え、ショーン・コネリーの初期シリーズにダイレクトに接続することも可能な物語として製作されていったと考えることもできるはずです。

　長らく公式映画アダプテーションが作られなかった『カジノ・ロワイヤル』が、イーオン・プロダクション製作の007映画シリーズの第21作となり、同時にまたジェームズ・ボンドの新たな物語を紡ぎ出すリブート作品となった点はすで

に述べました。この作品は初期の007映画シリーズに対して、ボンドカーが単なるオマージュにとどまらず、それが喚起するメンタル・イメージを利用することで、ストーリーワールドの連続性を確立する役割を果たしてもいるのです。ボンド＝ボンドカー（アストンマーティン）という一体感をともなったメンタル・イメージの力には計り知れないものがあります。この影響力が最大限に発揮されることによって、『カジノ・ロワイヤル』は、フレミングの原作小説だけでなく、先行する007映画シリーズ全体との連続性と一貫性をも担保しているのです。

8．ゴーレム、スーパーヒーローになる ——『カヴァリエ&クレイの驚くべき冒険』

現代アメリカでもっとも注目されるユダヤ系作家のひとりマイケル・シェイボンが、ピュリッツァ賞受賞作『カヴァリエ&クレイの驚くべき冒険』（2000年）で活写するのは、ユダヤ起源のアメリカン・ヒーローの誕生とその作り手たちの波乱に富んだ人生です。そのヒーローの名は「エスケーピスト」。その作り手は、ニューヨーク、ブルックリン在住のサミー・クレイことサミュエル・クレイマン、そしてチェコ、プラハ生まれのジョーことヨーゼフ・カヴァリエ。物語は脱出者の名をもつヒーローの創造をめぐるさまざまな出来事を中心に展開し、第二次大戦前後のアメリカン・コミック業界

を背景に、恋愛、別離、そして再会と新たなる旅立ちまでを絡めながら、ジョーとサミーの友情のゆくえを丹念に描き込んでいきます。

　ところで２人のユダヤ人が共作して生み出したアメリカン・ヒーローといえば、もちろん本家スーパーマンが思い浮かびます。『カヴァリエ＆クレイ』のジョーとサミーは、スーパーマンの原作者である２人（ジェリー・シーゲルとジョー・シュスター）になぞらえたものであるという指摘については、枚挙のいとまがありません。ただし「脱出」をめぐる物語には独特のひねりが加わり、エスケーピストには屈折したユダヤ性が付与されたものとなっています。そのひねりのもとになっているのが、ユダヤ神秘主義の伝説にある人造人間ゴーレムです。以下で考えてみたいのは、人々を自由と解放に導く脱出ヒーローであるエスケーピストとゴーレムの物語全体における相互の関連性です。そこからわれわれ読者は、作者シェイボンの独創的かつ想像力に富む物語更新の可能性を知ることになるでしょう。

　さて、『カヴァリエ＆クレイ』において確認されるゴーレム関連の叙述については、すでに何人かの批評家によって指摘がなされ、また考察も行われています。中でも、アメリカのスーパーヒーローの原型をゴーレムにみるシムハ・ヴァインスタインの主張は重要です。ヴァインスタインは、ウィル・アイズナーのコメントを引用し、その内容をふまえながら、ゴーレムがスーパーヒーローの先駆者であることを論証する

ため、とりわけキャプテン・アメリカとハルクという2人の対照的なスーパーヒーローにゴーレムのイメージを読み込んでいます。以下では、この2人のうちエスケーピストのイメージにより密接に直結すると思われるキャプテン・アメリカを取り上げ、ゴーレムを原型とすることがにおわされているスーパーヒーロー、エスケーピストと比較してみたいと思います。具体的に分析の対象とするのは、人々を自由と解放に導く、脱出ヒーローのエスケーピストと、作中で何度か引き合いに出されるプラハのゴーレムとの物語全体わたる相互関連性です。

『カヴァリエ&クレイ』は6つのパートからなる630ページを超える長編小説です。そのなかで、作中ゴーレムのことが言及されるのは、おおまかにいって4つの場面です。(1)第1部「エスケープ・アーティスト」の第4章、ジョーのプラハ脱出にかかわる部分、(2)第2部「天才少年たち」第2章、アメリカに渡ったジョーが従弟のサミーとともにスーパーヒーローの構想にかかわる場面、(3)第6部「黄金の鍵同盟」第13章を中心とした、ジョーが戦後ニューヨークへ戻り、エンパイア・ステート・ビルディングの72階に部屋を借りて住み込み、ひそかに描き続けたグラフィック・ノヴェル『ゴーレム!』に関する場面、そして(4)同じく第6部第16章、ジョーがプラハ脱出に使ったあのゴーレムの棺が、土塊に戻ったゴーレムとともに15年の歳月を経てジョーのもとに届く場面です。

それでは、まずはエスケーピスト誕生にいたるいきさつをたどってみることにしましょう。ユダヤ人の歴史を迫害と苦難からの解放の過程を抜きに語ることができないとすれば、たとえば著名な奇術師の多くがユダヤ系であるという事実、とりわけフーディーニ最大のマジックが「脱出術」であったことと、「出エジプト記」以来のユダヤ人の脱出をめぐる歴史との関連が指摘されるのも当然のことでしょう。『カヴァリエ＆クレイ』の冒頭部に以下のようなフーディーニへの言及があるのも、ユダヤ的脱出願望の連想へと読者をいざなうきっかけとして十分な効果があると思われます。たとえば、次のような叙述があります。「サム・クレイは［……］ハリー・フーディーニになるという夢が頭から離れなかった」。ポリオの後遺症のため足が不自由な17歳のサミーは、強靭な肉体と精神をもつ稀代のエスケープ・アーティストに憧れつづけているのですが、それは自分自身がいわば「暗い繭の中で、光と空気を少しでも味わおうとしてもがく蛹」のような存在であるという思いを避けがたく抱いているからです。

　サミーは子供のころから、今は亡き父親——家庭を顧みることのほとんどない、〈マイティ・モルキュール〉という名の移動サーカスのヴォードヴィリアン——とともに世界を駆けめぐりたいという空想をはぐくんでいました。それもまた自分自身に降りかかった閉鎖的な現実を逃れ自己実現を達成する願望の裏書であるといえます。父親の不慮の事故死によりサミーの脱出の夢はついえましたが、そこに現れるのが

19歳の従兄ジョーです。彼はプラハでフーディーニを連想させる老年の奇術師ベルナルド・コルンブルムから脱出曲芸術を伝授されています。そして会得した脱出術をたよりに、プラハからリトアニアへと逃れ、そこからシベリアを横断、日本経由でサンフランシスコに渡り、さらにグレイハウンドバスに乗り込み、ようやくニューヨークへたどりついたのです。作中冒頭で「フーディーニみたいな」と形容されるサミーの空想は、ジョーをアメリカまで導いた「イモムシ計画——とてつもない脱出の夢——」と呼応します。そして空想と願望そして行動力がひとつになり、新たなヒーローが生まれることになるのです。

　ところで、シェイボンは2008年に出版したノンフィクション集に「生きる秘訣」という短いエッセイを収録していますが、そこに以下のような記述があります。「『カヴァリエ&クレイ』を執筆しているときに、あの有名なプラハのゴーレムが小説のプロットにわずかながらも重大な役割を果たす必要があるとわかった」。いったい、この「役割」とは何を意味するのでしょうか。『カヴァリエ&クレイ』だけでなく、「生きる秘訣」、さらにはもうひとつのエッセイ、「ぼくの知っているゴーレムたち、あるいは上の息子のミドルネームがナポレオンである理由」の中で、ゴーレムを語る際にシェイボンが依拠するのはゲルショム・ショーレムの書物ですが、とりわけ見逃せないのは、ゴーレムの生成が「魔法」、すなわち「神の名」にまつわる文字が額に刻まれる、もしくは舌下部には

さみこまれることで生命を吹き込まれ、肉体的および精神的に起動状態にいたるプロセスが強調されていることです。ゴーレムの誕生は、天地創造になぞらえた「類推的なマジック」であり、「カバリストとゴーレムの関係は、神とすべての創造物との関係と同じだ。つまりゴーレムは世界の原型、縮図であり、鏡のように映すものなのである —— 小説のように」、とシェイボンは「生きる秘訣」の中で書いています。

　それにしても『カヴァリエ＆クレイ』においてゴーレムが、「小さいながらも重大な役割」を果たすとすれば、それは具体的にどのようなものなのでしょうか。『カヴァリエ＆クレイ』では、ゴーレムはジョーの生命を脅かす危機から彼を守り、替えをどこか別の場所へと逃がす役割を担っています。家族に先立ってひとりプラハを脱出するときに、検閲の目を逃れるためにカムフラージュとしてゴーレムの安置された棺が利用されたことがそれにあたります。先端肥大症のアロイス・ホーラというサーカス団員の衣服を使い、ゴーレムを「死んだ異教徒の巨人に見えるように」擬装して脱出に成功したのです。ここに描かれる巨大な土塊人形が果たしてプラハのゴーレムだったのかどうかは謎のままですが、「生命などなく無垢な粘土の哀れな塊り」であるゴーレムがユダヤ人青年を脱出させる点で、ゴーレムはエスケーピストの原型たりえています。

　ただし、ジョーの脱出劇には、偶然のなりゆき、あるいはたまたまプラハのゴーレムをナチスの手に渡ることをおそれ

たユダヤ人たちの要請でコルンブルムがその移送を請け負っていたという事情が絡んでいます。つまり、脱出させられるのはゴーレムであり、ある意味でジョーはそれに付き添う役割を担っているとも考えられるのです。ちなみに、プラハ脱出後、中立地帯のリトアニアでゴーレムの棺からジョーが無事に脱出した後、リトアニアのユダヤ人秘密サークルの手に渡ったとおぼしきゴーレムのゆくえは物語の結末までまったく知れません。

　もっとも、棺の中でゴーレムとなかば一心同体の経験をしたジョーの意識にゴーレムが焼き付いていたことはまちがいありません。実際、こうした展開が脱出ヒーローを生む原型的モチーフとしてジョーの記憶に刻みつけられ、さらにはサミーの想像力が加わり、ついにはゴーレム＝ジョー＝エスケーピストの物語的等式の完成へといたるのです。エスケーピストの原型が、ジョーによって、ゴーレムとして構想されたことを物語る一節を引用してみましょう。

　「そいつはゴーレムだろう？」、とアナポールは言った。「私の新たなるスーパーマンはゴーレムというわけかね？」
　「いいえ —— いま思いついたばかりの」、とジョー。英語がこわばっている。「最初に思い浮かんだものを描いてみただけです……似ているというか……ぼくには……このスーパーマンは……たぶん……ただのアメリカの

ゴーレムなんです」彼はサミーに賛同を求めた。「そうだよね？」

　もっとも、後にエンパイア・コミックスの社主となるアナポールは、過剰にユダヤ的なヒーロー造型に対して難色を示し、そのためエスケーピストをゴーレムになぞらえて創造するアイディアは却下されます。ですが、脱出ヒーローがその出発点において「アメリカのゴーレム」であったことはやはり見逃せません。たとえ外観がゴーレム的ではなかったとしても、精神的な意味合いでは、ジョーの脱出を助けたゴーレムが、世界を救済するスーパーヒーローの姿に転化して残存していると考えられます。ゴーレムを助けたというより、ゴーレムに助けられたともいえるでしょう。自分を救ってくれたゴーレムをスーパーヒーローに転じて生かすことで、守り手としてのゴーレムのイメージを定着させているのかもしれません。この点について、シムハ・ヴァインスタインも指摘しているように、ユダヤの民にとって、ゴーレムがスーパーヒーローの先駆者たりえるのは、守り手の存在こそ彼らを希望の成就へと導くきっかけであるからにほかなりません。

　このように、エスケーピストは、ジョーの脱出体験を投影し、非情な戦争に苦しむ人々を救い出す（つまり脱出させる）存在として創造されているのです。その直接的な原動力は、脱出術を会得したジョーがナチスの迫害から「脱出」するこ

とで、今度は彼が、ナチスを憎み、迫害に喘ぐ同胞を救出しようという強い使命感にあるのです。この点に関連して、以下の引用を検討してみましょう。

> 「つまり [……] エスケーピストだね！」
> 「『エスケーピスト』か」ジョーは言ってみた。慣れない耳にも、とびきりすばらしいものに聞こえた――たよりになり、役に立ち、そして強い人物。「コスチュームを身につけた脱 出 術 師（エスケープ・アーティスト）ということだね。犯罪に立ち向かうんだよね」
> 「ただ戦うだけじゃないよ。世の中を犯罪から解き放つ。人々を自由にするということさ、わかるかい？　彼は真っ暗な夜中に姿を現す。みんなのことを影ながら見守っているというわけ。導かれるただひとつの光――それは、えーっと――」
> 「黄金の鍵ってところかな」
> 「そう、それすばらしいよ！」
> 「そうかわかったぞ」とジョーは言った。

エスケーピストの使命は、人知れずただ犯罪と闘うだけでなく、世界を犯罪から救うこと、またヒトラーと闘い、ナチス・ドイツに迫害される人々をその恐怖から解放すること、さらにはプラハに残した家族を救い出し、ユダヤ人同胞に平和をもたらすことなのです。こうした真摯な願望に突き動か

されているのは作者であるジョーにほかなりません。美術学校の学生であったみずからの絵画の才能を生かして、彼はコミックブックの世界でそれを果たそうとするのです。そして自称物語作家であり、作品の売り込みにも商才を発揮する従弟サミーの助けを借りて、2人の共同作業というかたちで、エスケーピストは具現化されるのです。

　かくしてジョーとサミー共作の『エスケーピスト』はコミック作品として大成功をおさめます。やがてエスケーピストの物語はラジオ劇へとアダプテーションされ、またそれだけでなく、ライセンスされたキャラクター商品さえ発売されるようになります。ところが、そうしてエスケーピストが人気を博すとともに、エスケーピストが本来発信するはずだった反ヒトラーのメッセージはいつしか忘れられていきます。そのいっぽう、エスケーピストが人気を博していく過程で、ジョーはプラハに残した家族を次々と失っていくことになります。果ては、エスケーピストを描くことで貯めた資金を使った弟トマスのプラハ脱出計画も、永遠にその成功を確認することなく、水疱と化してしまいます。弟の乗った船がドイツ軍に沈められてしまうのです。怒りと絶望のため自暴自棄になったジョーは、みずから兵役に志願し、ニューヨークから離れ姿を消します（実際には南極でドイツ軍と勢力争いをしているのですが）。彼はエスケーピストを捨ててしまうのです。

　ここで忘れてならないのは、エスケーピストの原型はやは

りゴーレムであったことです。マイヤーの見解にあるように、ゴーレムとスーパーヒーローは、ユダヤ人の想像力をつうじて、自己防衛の具現化形態としてそのアイデンティティを共有する存在となっているのです。ただ、その点でいうなら、とりわけ、ゴーレムは万能ではなく、作り手がその使いかたを誤れば、制御不能になってしまうということを忘れてはいけません。エスケーピストもまた、ナチス打倒の理想はあくまでコミックの世界だけの話で、実際には戦争の抑止どころか、著作権をうばわれた上に、物語展開さえみずからの意のままに創作することができないありさまなのです。プラハのゴーレムに助けられたジョーは、コミックの世界にみずからのゴーレムにほかならないエスケーピストを生み出しますが、そのエスケーピストはあたかも制御不能となったゴーレム同様に、コミックの世界でヒトラーとの戦いをメッセージとして発信することがかなわなくなるという皮肉な状況を物語は紡ぎ出していくのです。

　ゴーレム創造の伝説と重ね合わされるエスケーピストの誕生が、アメリカン・コミックのスーパーヒーロー像を更新することになるのは、もうひとつの物語的皮肉でしょう。ただ、ここでアメリカのスーパーヒーローがゴーレム起源であることを指摘するだけでは十分な考察とはならないでしょう。私たちが考えなくてはいけないのは、ゴーレムが起源となるがゆえの、スーパーヒーローの不完全性なのです。その点について十分考察することにより、ゴーレムの伝説からアメリカ

ン・スーパーヒーローの誕生までの変遷を『カヴァリエ＆クレイ』がどのように取り込んでいるかを明瞭に知ることができるはずです。

　ではここからはゴーレム＝スーパーヒーローの不完全性に考察の焦点を絞りましょう。アラン・バーガーも指摘しているように、シェイボンの作り直したゴーレムのもっとも問題をはらんだ部分は、敵を倒すのではなく、むしろそこから逃げるということです。そもそもゴーレムはエスケーピストになった時点で、すでにユダヤの民を救済するという初期のミッションを放棄し、コミックブックという虚構の世界で虚構の敵を相手に、つまり現実には無力な戦いを繰り広げているにすぎないのです。ジョーがプラハを離れることは、脱出であり同時に逃避、まさにエスケープでもあったわけです。この矛盾は、弟トマスの死によって、ジョーの心にはっきりと刻印されたのです。

　ジョーにとっての本当のスーパーヒーローは、やはりエスケーピストではなく、ゴーレムであるべきだったのかもしれません。第二次大戦後、サミーやローザから身を隠し、エンパイア・ステート・ビルディング最上階の一室に潜伏し、ジョーはたったひとりで新作コミックを描きつづけていました。それが、すでに述べた『ゴーレム！』、自分と同名のヨーゼフ・ゴーレムという「強情で神秘的な少年」を主人公とした物語なのです。2000ページを超えるというこの巨編グラフィック・ノヴェルの中でジョーは、ナチスに蹂躙されるユ

ダヤ人同胞の救出がかなわなかった責任を無力な自分自身へと帰し、その贖罪を願うかのような物語展開を構想しています。不条理な戦争でかけがえのない肉親を失い、みずからも戦いの中でみずからの無力さを悟った彼は、回復困難なまでに傷んだ心を癒やすよりも、生き残った自分にあたえられた使命の重さを再確認することを決心したのでしょうか。ゴーレムは、ヒラリー・シュートの見解にならうなら、「トラウマの（それでいて希望の）化身である」ことはたしかですが、それと同時にユダヤ神秘思想の伝統と連動した創作意識の顕在化もまた読みすごしてはならないと思います。この小説では、ゴーレムはユダヤの民の夢と希望と幸せを守ることを使命とする脱出ヒーローであり、なおかつアダム創造の神話を忠実にふまえ新たに創造されたひとりのユダヤ人、ジョーやサミーがそうであるように、悩みつつも成長していく若きユダヤ人でなければならないのです。なにしろプラハのゴーレムの名は、ジョーのゴーレムと同じ「ヨーゼフ」、さらには彼の組成は土塊（クレイ＝clay）。つまりはジョゼフ・クレイ、まさにジョーとサミーの合体したその名にふさわしい究極のヒーローの誕生です。『カヴァリエ＆クレイ』がアメリカン・コミックのスーパーヒーロー誕生物語を入念に読み換えているのだとすれば、結果的にこの小説はアメコミのスーパーヒーローが、あるいはすべてユダヤのゴーレムからはじまった可能性を、したたかな物語的戦略にもとづいて再刻印しているのではないでしょうか。

ここまででみたように、『カヴァリエ&クレイ』において、独創的なアメリカン・スーパーヒーローが生み出され、その結果、エスケーピストがスーパーマンの位置づけと置き換わり、アメリカン・コミック史の焦点がずらされたような物語が展開することで、まるでエスケーピストからスーパーヒーローの黄金時代がはじまったかのような可能性が見えてきます。さらには、アメリカにおけるすべてのスーパーヒーローの起源がゴーレムに同定されたようにさえ見えてこないでしょうか。もちろん、作中展開されるエスケーピスト創造のエピソードは、スーパーマンやバットマンをはじめとしたユダヤ系のコミック作家たちの伝記的事実を複合的にふまえて虚構化したものであり、『カヴァリエ&クレイ』のストーリーワールドにおいても、先行するスーパーヒーローについて、その存在が前提とされていることはまちがいありません。ただ、小説内物語として作中に挿入されるエスケーピスト誕生物語は、既存のスーパーヒーローのどれとも類似していません。しかし、シェイボンが小説を書く上で、何らかのメンタル・イメージを土台にして、新たなストーリーワールドを構想したことの痕跡を、物語から読みとらなければ、十分にこの小説におけるスーパーヒーローのメンタル・イメージをめぐる物語更新を語りつくすことにはならないでしょう。だとえば、シャロン・バッカ——の主張するように、「エスケーピストはキャプテン・アメリカ、ハリー・フーディーニ、バットマン、ファントム、スカーレット・ピンパーネル、その他

を結合させた反ファシズムのスーパーヒーロー」というように、複数のスーパーヒーローの混合体と考えることができるかもしれませんが、エスケーピストは、より限定的に、特定のスーパーヒーローに触発され、それを意識してつくられたものではないでしょうか。ではそのヒーローとは誰かといえば、やはりスーパーマンなのではないかと思われるかもしれません。ところが、実はそうではないのです。たしかにユダヤ移民のスーパーヒーローなら、はるか遠くの星からやってきたスーパーマンのほうが、よほどイメージに合いそうなところですが、そうではありません。エスケーピストの創造元としてたどるべき物語は、『スーパーマン』や『バットマン』ではなく、実は『キャプテン・アメリカ』であり、そのメンタル・イメージがエスケーピストの造型に生かされているというのが私の見解です。スーパーマンやバットマンとは異質な意味合いで、アメリカという国家を背負って悪と戦うスーパーヒーロー、キャプテン・アメリカこそ、同時代的に第二次世界大戦下の現実を直接的に反映して誕生したエスケーピストの本当の参照元なのではないでしょうか。この点をふまえて、エスケーピスト＝キャプテン・アメリカの等式を成り立たせる根拠を提示しながら、以下でもう少しだけ考察を加えてみたいと思います。

　ジョー・サイモンとジャック・カービー作の『キャプテン・アメリカ』は、1941年から長年にわたりマーヴェル・コミックスの看板作品のひとつとなっており、2011年には映画版

『キャプテン・アメリカ／ザ・ファースト・アヴェンジャー』が公開され、2016年の『シビル・ウォー／キャプテン・アメリカ』まで、続編が製作されていますね。ここまで話すと、マーヴェル・コミックスのスーパーヒーローたちの世界観を統一したクロスオーバー作品群『マーヴェル・シネマティック・ユニヴァース』シリーズのことにも触れたくなるのですが、話がそれますので、それはまたの機会にしましょう。いずれにせよ、『キャプテン・アメリカ』が今もなお絶大な人気と知名度を誇るタイトルであることはまちがいありません。その基本ストーリーは、病弱な青年がある特殊な血清によって超人的な力を得て、その力を駆使して世界の巨悪に立ち向かう正義のヒーローになるというものです。キャプテン・アメリカに変身するのはスティーブ・ロジャース、物語の主要な舞台は第二次世界大戦下のアメリカです。ニューヨークの移民街に生まれ（ユダヤ系ではないとの設定）、幼くして両親を失いながらも、大恐慌時代を生き抜いてきた病弱なスティーブは、世界を戦争状態へと巻き込んだナチス・ドイツへの怒りから、みずからも戦争に参加するため徴兵検査を受けますが、小柄で虚弱体質であったため検査に不合格となってしまうのです。しかし、スティーブはあらためて軍幹部より極秘実験計画への参加を打診されます。アースキン（ラインシュタイン）博士によって行われるこの実験は、一般の兵士を「スーパーソルジャー（超人兵士）」に生まれ変わらせるという驚異的なものです。スティーブは、「オペレーション・

リバース」とも呼ばれるこの実験の被験者となることを承諾します。かくして、潜在的な身体能力を極限まで発現させる特殊な血清を体内へ注入されたスティーブは、新たなスーパーヒーローとして生まれ変わったのです。

　およそヒーロー性などとは無縁であったスティーブが超人キャプテン・アメリカへとなるというスリリングな物語展開には、やはり『カヴァリエ＆クレイ』と、その作中物語から、実際にスピンオフ的にコミック版も製作された『エスケーピスト』、両方の物語との関連性をみないわけにはいきません。病弱なスティーブの姿は、ポリオの後遺症で脚が不自由なサミーと、エスケーピストに変身するトム・メイフラワーの脚が不自由であることとも重なるからです。ここにストーリーワールドの転位と再創造が見出せることはいうまでもありません。また、レッド・スカルをはじめとするさまざまなナチスの手先が、キャプテンの具体的な敵役となる点は、エスケーピストの仮想敵であり、何よりジョーの怒りの対照がヒトラーそのものに集約される点とも符合します。さらに、キャプテン・アメリカとエスケーピストそれぞれの誕生をめぐる経緯は異なっていますが、２人とも外側から何らかのサポート的な力（スティーブの場合は血清、トムは不思議な力を持つ黄金の鍵）が与えられることによって、常人を超えた身体能力を、そしてまたそれにともない強靭な精神力も獲得している点に、たがいの共通性の痕跡を見て取ることができます。

キャプテン・アメリカとエスケーピストとの間に類似性が見出されることは、あらかじめ前者をモデルとして後者が着想されたと考えれば当然のことでしょう。ただ見逃してならないのは、物語中での時系列にもとづいて考えた場合、ジョーとサミーによるエスケーピストの創造が、キャプテン・アメリカの実際のデビューに先行しているということです。すでにふれましたが、『キャプテン・アメリカ』のデビューは1941年３月のことです。これに対して、『エスケーピスト』が世に出たのは1940年のはじめというのが物語上での設定です。つまり『カヴァリエ＆クレイ』のストーリーワールドにおいては、『エスケーピスト』は『キャプテン・アメリカ』より１年以上も先行して発表されていることになります。もちろんこれは現実にはありえない虚構世界での話ではあるのですが、『カヴァリエ＆クレイ』では、『エスケーピスト』が『キャプテン・アメリカ』に影響を与えた可能性が読者に印象づけられ、その関係性がメンタル・イメージのひとつとして定着しているのです。

　そう考えるなら、エスケーピストがヒトラーらしき男を殴りつける痛快な『カヴァリエ＆クレイ』のカバーアート、また同様のデザインを採用したスピンオフ・コミック本『エスケーピストの驚くべき冒険』（第３号）が、やはりキャプテン・アメリカがヒトラーとおぼしきナチス軍服を着た男を殴りつける『キャプテン・アメリカ』第１号の表紙カヴァーになぞらえられて作成された可能性まで見えてきます。この２つ

のカバーアートの類似性は、構図的には左右反転して、エスケーピストは左手、キャプテン・アメリカは右手をそれぞれ用いるという違いはあるものの、両者とも強烈なパンチをヒトラーに喰らわせている点ではまったく共通しています。不思議な力を手に入れ、苦難にあえぐ人々の護り手となった無敵のスーパーヒーローが悪の権化を打ち負かすというメンタル・イメージのもとに、『エスケーピスト』と『キャプテン・アメリカ』のストーリーワールドは融合していくのです。『カヴァリエ＆クレイ』の作中エピソードからも読み取れるように、『エスケーピスト』第1号の表紙には、ジョーとサミーはエスケーピストがヒトラーを叩きのめす場面を採用してほしいと、アナポールらエンパイア・コミックスの重役に対し強く求めています。もしこれが、小説『カヴァリエ＆クレイ』の表紙、またそのスピンオフ作品である『エスケーピストの驚くべき冒険』の表紙と何らかの類似性を保つものだと仮定しつつ、『カヴァリエ＆クレイ』の叙述をみると、「濃いブルーの生地でできたエスケーピストのコスチューム」が、米国旗のデザインをモデルにしたキャプテン・アメリカの、全体的にはブルー基調の衣装とかなりの点で重なり合っていることにも納得がいきます。またキャプテンの胸にあしらわれたAの文字（つまりアメリカの頭文字）が、エスケーピストの胸に輝く黄金の鍵のマークに置き換えられていることも、両者のどちらからどちらへのオマージュであるとも言い切れない可変的な物語更新の関係を、この2つの物語の受容者に意識

させることに貢献していることはまちがいありません。こうした類似点をメンタル・イメージとして記憶に残すことにより、実際にはキャプテン・アメリカに着想して創造されたであろうエスケーピストが、『カヴァリエ＆クレイ』のストーリーワールドの中では、その関係性が逆転することによって、キャプテン・アメリカを生み出した可能性が物語の受容者には、更新の痕跡としてあらためて意識されるのです。また同時に、スーパーヒーローの起源としてのゴーレムの存在がクローズアップされていたことを思い出すなら、〈ゴーレム→エスケーピスト→キャプテン・アメリカ〉という物語更新をめぐる新たな影響関係の図式が、少なくとも『カヴァリエ＆クレイ』のストーリーワールドには成立していることに、私たち物語の受容者は気づかされる仕組みになっているのです。要するに、エスケーピストはユダヤ的背景をもったキャプテン・アメリカ、逆にキャプテン・アメリカはユダヤ性を背負わないエスケーピストといっていいのかもしれません。

このように、シェイボンはユダヤのゴーレム伝説をたくみに再利用して、アメコミのスーパーヒーローを、あくまで物語的可能性のひとつとして創造し、そのイメージを読み換え、実際には新規のスーパーヒーローであるエスケーピストを現実のアメコミ史に割り込ませ、ゴーレムを原点としたスーパーヒーローの新たなメンタル・イメージから再構成しているのです。もちろんこのような物語の大胆な展開は現実のアメコミ史を歪めるのではなく、あくまでアメリカのスー

パーヒーローのユダヤ的起源を物語的に再刻印するためのものであることは明白です。エスケーピストの正体が、脱出マジシャンであったジョー自身であるとともに、ジョーの脱出を助けたゴーレムでもあったことは、すでにふれたように、両者の象徴的一体化と、棺から脱出する行為が表す死と再生のメタファー、そして物語の結末近くでジョーがみずからの手を離れたエスケーピストをあたかも再創造するかのように書き上げた『ゴーレム！』の完成によって、物語全体を貫く表象のレトリックとして十分な効果を発揮したのです。それはまた、アメコミのスーパーヒーローをアメリカ的象徴として祭り上げる過剰な物語的普遍化の衝動を阻み、まったく逆にユダヤ起源の特殊性にこそ目を向けさせるシェイボンの独創的な物語戦略の典型的な表明であるともいえるでしょう。

　重要なのは、シェイボンがおそらくキャプテン・アメリカになぞらえて構想したエスケーピストを、ゴーレム伝説へと接続することによって、物語上は先行して登場するエスケーピストが逆に影響を受ける形で、対ナチス・ドイツの闘いにその使命を絞り同時代的現実に立脚したキャプテン・アメリカの活躍にゴーレム起源のユダヤ性を込めることが可能になったということです。キャプテン・アメリカの起源がゴーレムにあると想像することは決してたやすくはありませんが、エスケーピストからの影響を補助線とすることで、小説『カヴァリエ＆クレイ』のストーリーワールドであるからこそ可能な物語更新の可能性のひとつとして、あくまで私たち

のメンタル・イメージの中でとらえることはできるのです。

　エスケーピストをキャプテン・アメリカに先行させ、アメコミのスーパーヒーローの系譜を読み換えるだけでなく、ゴーレムの影響を受け創造されたエスケーピストがキャプテン・アメリカの誕生に影響を与えるという、あらゆる物語的可能性の中で、もっともスリリングな展開に、異なる物語どうしの相互影響性を対話関係的に逆照射すること、これが『カヴァリエ＆クレイ』において作者シェイボンが構想した最大の物語戦略であったと考えることができます。従来のアメコミのスーパーヒーローについてその原型として暗示されるにとどまっていたゴーレム表象の問題を、シェイボンは、アメコミ史に燦然と輝くスーパーヒーローの多くがゴーレムを起源として誕生した必然を自己言及的に前景化する物語更新のあり方に結実させたといってもいいでしょう。アメリカのスーパーヒーローのソース・テクストは、あるいはすべてユダヤのゴーレムだったのかもしれませんし、それこそひとつの物語更新の実践だったのです。

9．拡大する／補完されるストーリーワールド ──　『機動戦士ガンダム THE ORIGIN』

　この章で考察の対象とするのは、第５章でもふれた、『機動戦士ガンダム』、そのうちいわゆる「宇宙世紀シリーズ」、とくにファーストガンダムと称され、後に劇場版が制作された

第一作のテレビアニメ『機動戦士ガンダム』(1979-80年)と、この作品でキャラクター・デザインを手がけた安彦良和によるコミック・アダプテーション『機動戦士ガンダム THE ORIGIN』(2001-11年)、および2015年より順次公開がはじまったアニメ版(とくに第1作『青い瞳のキャスバル』)です。これらを考察対象として、壮大な規模をもつファーストガンダムの物語世界との関連における、リメイクのありよう、言い換えれば、『機動戦士ガンダム』の物語世界と物語更新との豊饒な対話的関係性について考えてみたいと思います。

　コミック『機動戦士ガンダム THE ORIGIN』は、原作としてクレジットされる『機動戦士ガンダム』(ファーストガンダム)のテレビ版全43話およびその劇場版3作(1981-82年)が形成する基本プロットをたどりながら展開します。物語は単行本としては本編23巻と特別編の第24巻で完結していますが、アニメ・アダプテーションされる物語は、現在までのところそのごく一部でしかなく、コミック全体が今後アダプテーションの対象となるかについては不明です。しかも興味深いことに、アニメ版第1作はファーストガンダムやコミック原作の『THE ORIGIN』のはじまりとはまったく異なる物語となっています。それは、いわば『機動戦士ガンダム』の前日譚、あるいは本当のはじまりの物語であるともいえます。

　『機動戦士ガンダム THE ORIGIN I 青い瞳のキャスバル』(総監督：安彦良和、監督：今西隆志、脚本：隅沢克之)は、安彦良和の『機動戦士ガンダム THE ORIGIN』第9巻をソー

ス・テクスト（原作＝翻案元）としてその物語内容をリメイクしたアニメ・アダプテーション（本編63分）で、「シャア／セイラ編」4部作の第1作としてリリースされました。ちなみに「シャア・セイラ編」は原作単行本第9巻および10巻のサブタイトルと同一です。『青い瞳のキャスバル』が劇場公開およびDVD（およびBD）のフォーマットでリリースされたのは2015年4月、次いで10月末には第2部『哀しみのアルテイシア』が劇場公開され、翌11月にはDVD、BD版も発売されました。これらはいずれも直接の原作であるコミック第9巻をほぼ忠実になぞる内容となっています。

　私は、この異例ともいえるアニメ・アダプテーションのコミック当該巻への忠実度に注目しています。もちろん、忠実度というのは、単に原作に対するオマージュだけではなく、原作コミックを読んだ後にアニメ版を視聴した受容者にとって、アダプテーションの受容を条件づける先入観、つまり原作を先行受容することによって形成された物語世界に対する既成のイメージを裏切らない種類の再現性のことをいいます。アダプテーションの受容において、忠実度がともすれば物語更新の良し悪しを判断する優先的基準として機能してきたことは、アダプテーション理論の研究史をたどればわかりますが、問題はアニメ・アダプテーションの忠実性そのものにあるのではありません。アニメ版がコミック原作のストーリーに沿った物語を展開させる根拠は、少なくとも『機動戦士ガンダム THE ORIGIN』では、コミックの原作者とアニメ

版の総監督が同じであるということに求められるでしょう。アニメ版総監督であり原作『THE ORIGIN』の作者でもある安彦良和は、DVD『青い瞳のキャスバル』のブックレットの中で、この作品のアニメ化について次のように述べています。

> 『THE ORIGIN』の漫画については、かなり表現できた自信があるんですよ。だから、それを尊重して映像化してほしいという部分は基本としてありました。でも、シナリオから絵作りまで、スタッフの叡智を結集するわけですから当然「その表現の方がベターだな」という提案もあるわけです。そうした意見に対しては、頑なに原作を守るのではなく、柔軟に対応して取り入れていこうと。その結果変わった部分もありますので、そこはぜひ自分の目で観て、感じつつ楽しんでほしいですね。
>
> もうひとつのこだわりが、アニメとして自然に動かし、演技させるということ。そこで実践したのが、原画の人が描いた第一原画を、誰よりも先に僕がチェックすることですね。演出も作画監督も見ていない描きたての原画に僕が最初に直しを入れることで、「安彦はここに赤を入れて、ここにこだわっているのか」というのを他のスタッフが気付くようにしたんです。そして、その後の作業に関してはお任せしたんです。「僕はもう見ないヨ」と。その結果には大いに満足しています。

この引用からわかることは、アニメ化に際して総監督の安彦が自身の原作をふまえてほしいという意向をもちつつも、多くのスタッフが携わり、共同作業で作られていくアニメ作品の創作過程を熟知するゆえに、スタッフの「叡智」を信頼して、その証しとして原作には必ずしもこだわらない姿勢を前面に押し出しているということです。総監督という制作には直接的には関わらない立場でありながら、この姿勢はアニメ版制作に浸透していたと考えてまずまちがいないでしょう。

　こうした事実をふまえた上で注目したいのが、原作と同じではありますが、少し異なるかたちでアダプテーションされた部分です。いくつか具体例を示しましょう。まずひとつは、アニメ版冒頭部について考えてみましょう。『青い瞳のキャスバル』には、本編の物語がはじまるに先立って、いわゆるアヴァンタイトル的プロローグが付け加えられています。それは、一年戦争の「ルウム戦役」と呼ばれる戦いを描写するシークエンスです。実は、この部分は原作コミックの第9巻では触れられることのない、一見オリジナルな物語表現となっています。第9巻は、前巻「ジャブロー編・後」の直後のエピソードからはじまり、セイラ・マス（アルテイシア）の回想の形で、「シャア・セイラ編」へと続いていきます。これに対してアニメ版のプロローグでは、ジオン独立戦争初期のルウム戦役におけるシャア・アズナブルの活躍がまず描かれます。そこからアニメ版本来のオープニングへとつ

ながり、原作第9巻のメイン・プロットであるキャスバル・レム・ダイクン（シャア）の少年時代へと時系列をさかのぼる物語構造が展開されます。ただし、ルウム戦役のくだりはまったくのアニメ版オリジナルというわけではありません。この部分は、物語内容の細かなシークエンスは異なるとはいえ、コミック原作続巻にその起源をたどることができるからです。具体的には、単行本第13巻「ルウム編・後」、セクションⅤの冒頭部、および同セクションの終わり数ページ、それに加えて同「セクションⅥ」の冒頭部の数ページをもとにして一連のシークエンスが再構成されているのです。『青い瞳のキャスバル』冒頭部は、原作の物語言説を入れ換え、時系列的には後続するエピソードから物語をはじめて、本来のストーリーの提示へとフラッシュバックする物語言説となっていることを見逃してはいけません。

　これをアダプテーションにともなう物語言説（ディスコース＝表現面）の戦略であるとするなら、本作のもつ以下のような特質があらためて確認されるでしょう。それは、アニメ版第1作が射程に入れている物語とファーストガンダムとの物語上の時系列的関係であり、また本来はテレビ・劇場版ファーストガンダムにもとづいて創作されたコミック『THE ORIGIN』とテレビ／劇場版『機動戦士ガンダム』の基本プロットとの物語的整合性の問題にほかなりません。もちろん「シャア・セイラ編」の物語内容はシャアの少年時代を扱っており、時系列的にはファーストガンダム本来の物語的時間

を11年さかのぼっています（宇宙世紀0068年）。したがって、ここにはファーストガンダムの中心人物の一人、いわゆる「シャア大佐」はキャラクターとして本来ならば登場しません。しかしそれはファーストガンダムが新たにアニメ化されるというきわめて注目度の高い、その意味で、『機動戦士ガンダム』のリメイクとして商業的な成功の可能性を秘めたこの『THE ORIGIN』アニメ版第1作に、主要登場人物としてシャア・アズナブルがその姿を見せることがないということになると、『青い瞳のキャスバル』が新たなファーストガンダムの物語として、受容者に対して与えるその訴求性と商品価値に大きな損失を被ることとなるであろうことは容易に想像がつくでしょう。そこからさらに推測されるのは、よく知られたファーストガンダムのもうひとつのプロローグとして、その物語の発端となるジオン独立戦争当初の回戦のルウム戦役に焦点を当てたエピソード、なかでもシャアが赤いモビルスーツ、ザクを駆り、次から次へと地球連邦軍の軍艦を沈めていく伝説的な活躍を描くエピソードを追加することによって、たとえ第1作において一年戦争そのものが、とくに主人公アムロ・レイやガンダムなどが登場する地球連邦軍側の物語が描かれなくとも、いわゆるファーストガンダムとの物語の時系列的連続性が確保されるのです。

　さて、以上のようなアニメ版で新たに付け加えられたプロローグを経て、物語はその本来のストーリーへと移っていきます。ただし、繰り返しになりますが、アニメ版第1作は基

本的には単行本第9巻の物語内容を忠実になぞりながら展開していくわけですから、そういう意味では、少なくともコミックからアニメへのアダプテーションについていえば、物語内容のリメイクは最小限にとどまるはずです。しかし見逃してはならないのは、本編の導入部にはエピソードの提示の順番に変更がみられるということです。単行本第9巻における「シャア・セイラ編・前」は、ジオン・ズム・ダイクンが演壇で倒れる衝撃的な場面からはじまりますが、アニメ版では、このエピソードにさらに先行する形で、演説前夜ダイクンが妻（愛人であり、キャスバルとアルテイシアの母）アストライアに演説原稿を読み聞かせる場面が挿入されています。

　もっとも、この先行場面もまた実はアニメ版においてはじめて追加された新規制作シーンではありません。原作単行本の読者であれば、それが第9巻「セクションⅡ」に、アニメ化されたシークエンスと同様の回想場面が描かれていることに気づくでしょう。ただし、コミックではジンバ・ラル邸にかくまわれているアストライアの回想として、物語られているのに対して、アニメ版ではシークエンスそのものはほぼ同一でありながら、回想ではなく、物語の現在のエピソードとして提示されています。そして、このシーンの焦点人物はアストライアではなく、キャスバルへと変更されていることを、アニメ版での重要な物語更新として見逃してはいけません。つまり、この場面でのダイクンとアストライアとのやり取り

の一部始終は、隣室で就寝中のキャスバル少年が知覚した光景として表現されているのです。言い換えるなら、焦点化された彼の知覚と意識にわれわれ受容者の知覚がシンクロするように映像表現されているというわけです。あたかも就寝中のキャスバルが隣室の話声に目を覚まし、両親のやりとりに耳をそばだて、父に抱きかかえられるアルテイシアの様子を盗み見る様子を、われわれもまた同じように体験するのです。

　『青い瞳のキャスバル』には、もうひとつ後に続く物語の重要な伏線となるランバ・ラルとクラウレ・ハモンをめぐるエピソードも絡んできます。ここでも基本的には原作コミック第9巻に忠実なアダプテーションが試みられていますが、その詳細を紹介することは割愛します。いずれにせよ、『機動戦士ガンダム THE ORIGIN』のアニメ・アダプテーションが続けられていく過程で、すでに確立したファーストガンダムのストーリー、つまり時系列的には後続するエピソードとの整合性を保ちながら、ソース・テクストへの忠実さとオリジナルな物語の創造とのはざまで、どのように物語が再解釈され再創造されていくのか今後も注目していきたいと思います。

　ここまでの考察をふまえ、『青い瞳のキャスバル』のストーリーワールドの起源として措定できるソース・テクストとはいったい何であるのか、あらためて考えてみることにしましょう。よく知られているように、テレビ／劇場版『機動戦士ガンダム』シリーズには「原案矢立肇・富野喜幸（後に富

野由悠季)」とのクレジットが表示されます。これは、最初から現在に至るまですべての『ガンダム』シリーズにおいて「原作者」とされる「矢立肇」とは、もちろんアニメ制作会社サンライズのアニメ企画部門が用いる共同ペンネームであり、実在する個人のクリエーターを指すものではありません。『機動戦士ガンダム THE ORIGIN』の場合、原作コミックにもアニメ版にも、やはり「原案矢立肇・富野由悠季」のクレジットが使われています。つまり、『機動戦士ガンダム』シリーズの原作者は公式的には富野由悠季／サンライズの両者に求められるということになります。ですが、実態として２つの名のうちのどちら一方を原作者として特定するのではなく、ファーストガンダムのテレビシリーズおよび劇場版全体を統合する物語として単一のソース・テクストと想定するのが適当であると思われます。

　では、アニメ版『機動戦士ガンダム THE ORIGIN』のソース・テクストの問題に立ち返ってみましょう。単純に考えるなら、安彦の『THE ORIGIN』はファーストガンダムの物語内容をふまえて書き下ろされたものであり、その意味ではソース・テクストはやはりアニメ（テレビ・劇場版）『機動戦士ガンダム』となるでしょう。実際、『THE ORIGIN』の表紙には「原案　矢立肇・富野由悠季」とあります（ついでながら、「メカニックデザイン　大河原邦男」のクレジットも確認しておきたいところです）。「原作」と「原案」の違いについてはこの章の考察の主旨から外れることになりますので、この

際詳述は避けますが、簡単に言うなら、アダプテーションとソース・テクストとの結びつきの違いを表しているのでしたね。つまり、「原案」からのアダプテーションは「原作」表記のそれよりも物語内容のリメイクの度合いが自由であると考えればいいわけです。繰り返しになりますが、『THE ORIGIN』の物語内容は全体的にはファーストガンダムの世界観をふまえた構成になってはいますが、キャラクターやメカの設定から物語展開に至るまで自由な再創造行為が実践され、その結果これまでファーストガンダムが形成してきた物語世界が補完／拡大することに貢献しているのです。以上の考察をまとめると、『THE ORIGIN』はファーストガンダムの物語世界をかなり自由に再創造するアダプテーションのプロセスを経て物語更新が実践され、その物語内容は柔軟なアダプテーションのあり方にもとづいて、文字どおり「オリジン（原点・原典）」と呼ぶにふさわしい、再創造的なリメイクが果たされているのです。

　『THE ORIGIN』のアニメ化は今後も続編が作られていくことが期待されています。コミック原作に照らし合わせて、アニメ版のストーリーがここから先どのように創造されていくのか、またファーストガンダムのストーリーワールドがどのように拡大あるいは補完されていくのか、今のところはっきりしたことはいえません。もちろん、アニメ版『THE ORIGIN』は、安彦を原作者とするコミックをソース・テクストとしたアニメ・アダプテーションであることに変わりは

ありません。ただ気になるのは、このアニメ・アダプテーションとこれまでファーストガンダムと呼ばれてきたテレビ／劇場版『機動戦士ガンダム』との物語更新にまつわるより対話的な関係性です。つまりマンガ原作のソース・テクストはアニメ『機動戦士ガンダム』であったわけですから、今後も次回作が順次発表されていくアニメ版『THE ORIGIN』には２つのソース・テクストが想定されることになります。直近のソース・テクストのみが対象となるなら問題はありませんが、たとえばコミック『THE ORIGIN』の本編全23巻の内容をすべてアニメ化することは困難であるかもしれませんし、あるいはもしかすると物語展開に何らかの変更が要請され、その際にファーストガンダム（テレビアニメ版、劇場版３部作）の物語内容もこれに呼応して新たに組み変えられ、『THE ORIGIN』の物語内容としてリメイクされる場合もないとはいえません。このあたりがいったいどのようにして物語展開と表現とに関わることになるのか、そのあたりを確かめるためにも、第５作『機動戦士ガンダム THE ORIGIN V 激突ルウム会戦』、また過去編を完結させる『機動戦士ガンダム THE ORIGIN 誕生 赤い彗星』でのさらなる物語の展開が待たれるところです。

10. 更新されるスーパーヒーロー ──『マグマ大使』

「アースが生んだ正義のマグマ……」。勇壮な主題歌のマーチ風メロディをいかんなく発揮した楽曲にのせて、このフレーズが繰り返し歌われる特撮テレビドラマ、『マグマ大使』（1966-67年）。地球征服をたくらむ極悪な宇宙の帝王ゴアに、人類の味方であるマグマ大使が村上まもる少年ら人間たちとともに立ち向かう古い物語です。とはいえ他愛のない勧善懲悪の子供向けアクション冒険活劇と侮ってはいけません。そもそも『マグマ大使』は、手塚治虫の原作で、雑誌『少年画報』に連載されていた同名のマンガ（1965-67年）を、今日でいうところのいわゆるメディアミックス的にテレビ実写版としてアダプテーションした、日本における特撮ジャンル初のカラー放送作品です。同時にまた、特撮ドラマ史上はじめての巨大スーパーヒーロー番組としても映像史に残る画期的作品としても記憶されている不朽の歴史的大作でもあります。ちなみに、後年、このリメイク版としてアニメも制作されていますが、ここでは言及するにとどめます。

ですが、「天から来た人類の味方だ」と実写版劇中でみずからそう名のるマグマ大使というキャラクターがその独自性を誇るポイントといえるのは、彼がたとえばウルトラマンがそうであるように、遠い宇宙から地球を訪れた異星人ではなく、また鉄人28号やジャイアントロボのように、人間に遠隔操作されるロボットでもないということに求められます。で

は、彼はいったい何者なのでしょうか。実はマグマ大使の劇中における基本設定は「ロケット人間」とされています。これは人間的ではあっても人間ではない、またロケットがそうであるような機械でもない、あくまで異形の存在であることを私たちに印象づける設定だといえます。みずからの意思をもった金色に輝く身体をもつ人造人間、異星人ともロボットとも異なった、正義を守るという固い信念を貫くマグマ大使のアイデンティティを具体的にどう定めればいいでしょうか。

　以下では、実写版とマンガ原作の両方を参照しながら、『マグマ大使』が、別の章でアメリカン・スーパーヒーロー誕生との関連でふれたゴーレム物語が、日本における受容の起源と特撮ジャンルにおける巨大スーパーヒーローの誕生とがどのようにかかわっているかについて考察をめぐらせ、それをつうじて『マグマ大使』の物語更新を探ってみたいと思います。もちろん、こうしたゴーレムとスーパーヒーローとの等式化を試みる問題設定のしかたについては、たとえばキャプテン・アメリカとゴーレム起源のそのキャラクターについて分析した章でも検討しましたが、課題があるとすれば、そうした結びつけがどこまでも推論的なものにすぎず、マグマ大使の場合も、そもそも彼の素性をはっきりさせないまま、具体的に彼のどの部分をゴーレム的であるとするか実証性を欠く考察を展開させても意味はないと考える向きもあるでしょう。ですが、ゴーレムをめぐる物語が日本のスーパーヒー

ローの物語へと更新されていると仮定して、それをもとに物語の更新プロセスをストーリーワールドとメンタル・イメージの関係性をつうじて探る意味はあると思います。

　なるほど、昭和40年代初頭の子ども向け原作マンガおよびその実写特撮というフォーマットでは、ロケット人間としてのマグマ大使の自己や生きる意味などといった潜在的な主題や関心が掘り下げられることは困難だったわけですが、そのいっぽうで、マグマ大使は単なる機械の身体に電子頭脳を埋め込んだ存在ではなく、独特の神秘性を帯びた何らかの生物性が暗示されている点を見逃すことはできません。ちなみに原作者の手塚治虫は、昭和48年版サンデー・コミックスのカバーに、次のような言葉を寄せています。参考になると思いますので引用します。「マグマ大使はロボットでもミュータントでもなく、生きものでも機械でもありません。いわば『溶岩の精』みたいなものです。アースという、これも、『地球の精』と思われる老人の部下になっていますが、人間の味方でもあります」。

　おそらく手塚はそれほど厳密にマグマ大使の自己同一性を定義するつもりはなかったのかもしれません。一例をあげるにとどめますが、マグマの名に付加されている「大使」という称号（？）も、おそらく人類を代表して敵であるゴアに挑む彼の役割をそのように示唆したものなのでしょうが、とくに作中でこのことが説明されることもないまま、いつの間にか「マグマ大使」と呼ばれています。ちなみに、同じ手塚の

『鉄腕アトム』のもとになった作品は『アトム大使』といい、この作品の主人公ロボット、アトムが人類と異星人のとの仲裁役を務めます。いずれにせよ、このような必ずしも周到とは言い難い物語設定となっているのは、そもそも『マグマ大使』が子ども向けであること、またあくまで実写テレビ特撮アダプテーションを前提とした原作でもあり、詳細な設定は結果的には実写版の製作者に委ねられていたということもあるでしょう。手塚自身は、絶大な人気を博した実写版をたいへん気に入っていたそうです。したがって、当時の連載雑誌の付録になっていた、物語内容との整合性が明確とはいえない解説等を除けば、少なくとも作中では、「生きものでも機械でも」ないマグマ大使や、「地球の精」としてのアースのキャラクターがはっきりと描かれることはありません。ただし、マグマ大使のキャラクターを考える上で重要なヒントを作中に探ることはできます。中でもとりわけ重要といえる要素は、前述した「ロケット人間」という設定です（マンガ原作では、少し違う表現で、「ロケット人」とされています）。なるほどマグマ大使は長くたなびく金色の頭髪や顔つきなどから判断して、人間的な身体を有しているといえなくもありませんが、それでもやはり胴体部分などについては機械的なものとして造型されているような印象です。これに対して、マグマ大使の妻であるモルや息子のガムなどは、それぞれの特徴的な衣裳もさることながら、より人間的に描かれていることが確認されることでしょう。ということは、ロケット人間は

人間なのでしょうか。次に、こうしたロケット人間の構想を軸に、ゴーレムとの相同性について考えてみます。さらにロケット人間が何らかの形でゴーレム的なものといえるのなら、それがどのように日本の特撮ジャンルやアニメ作品における巨大スーパーヒーローやロボットアニメの原点とさえいえる『マグマ大使』の物語と系譜的にかかわっているのか検証するつもりです。

さてゴーレムとは、すでに第8章でふれましたが、ユダヤ文化のその起源をたどることのできる、土塊からつくられた人造人間のことです。主人であるユダヤの律法主義者で宗教指導者でもあるラビに仕える忠実なしもべなのです。その命令には絶対的にしたがい、ユダヤの民をさまざまな迫害や苦難から守ることが、ゴーレムに与えられた使命であり、その活動はある意味でヒーローそのものといってもいいくらいです。だからといって、ヒーローのすべてがゴーレム的であると位置づけたいわけではありません。むしろゴーレム的ヒーローは少数派かもしれません。たとえば、みるからにゴーレム的な日本のヒーローといえば、巨大な武神像がアラカツマの神を魂として宿した、恐ろしい形相の外観をした怒りのヒーローが活躍する時代劇特撮作品『大魔神』の大魔神が思い浮かぶでしょう。それもそのはず、小野俊太郎も指摘しているように、大魔神はゴーレム伝説をふまえて創作されているらしいのです。では『マグマ大使』についてはどうでしょうか。残念ながら、この作品にはゴーレムに直接依拠す

るという意識的設定があるようには思われません。だからといって、マグマ大使がゴーレム的ではないと証明されるわけではありません。あえていえば、大魔神との差異化が逆説的にマグマ大使のゴーレム性を規定しているとも考えられるのです。その差異とは、大魔神が魂を宿した石像であるのに対して、マグマ大使は魂をもった「ロケット人間」であるとそもそも定義づけられている点に求めることができますね。ロケット人間であることが、マグマ大使にモンスターでもロボットでもない、特殊な人造人間としての自己同一性を与えており、またそこに明らかにゴーレム起源であることが読み取れるアメコミのスーパーヒーローとも本質的に異なった、以下で述べるように、逆説的にロボット定義に依拠したというしかない屈折をはらんだ独自のゴーレム表象が作用しているのです。

とりあえず、マグマ大使のロケット人間としての特質を、ロボットではないという設定を手がかりに考えてみましたが、ではゴーレムやロボットとの関係性についてはどうでしょうか。ここで、この点に関連すると思われるゲルショム・ショーレムの見解を引用してみましょう。それによると、「ゴーレムは後世のプラハの伝統としてほぼ決まって善意に満ちたロボットとみられるようになり、オーストリア、チェコスロバキア、ドイツで活動していた作家たちの想像力をとらえた」。ショーレムは、20世紀はじめのドイツ語圏でのゴーレム表象について、ゴーレムの名をその作品に直接冠

したマイリングやヴェゲナーなどを具体例としてあげています。注目したいのは、ショーレムが用いた「ロボット」という言葉です。ロボットときいてまず想起されるのは、チェコの作家カレル・チャペックの戯曲『R.U.R ロボット』（1921年）でしょう。ノーマ・コムラダによれば、チャペックはラビ・レーヴのゴーレムからロボットを着想したようです。そもそも「ロボット」とはチャペックの造語であり（実際には彼の兄が提案した言葉らしいですが）、はじめて文学作品に使われたのが『R.U.R. ロボット』であったことはよく知られています。興味深いのは、チャペックがロボットのイメージの起源をゴーレムにたどっていることです。「〈R.U.R.〉（ロボット）は、実はゴレムに現代の衣を着せたものなのです。私がこのことに気付いたのは、勿論この戯曲を書き上げてからです。〈何だ、これはゴレムではないか〉私はひとりごとを言いました。〈ロボットは、工場で大量生産されたゴレムなんだ〉」（表記は原文のまま）。このことに関連して、田近伸和はチャペックの戯曲が書かれた背景をヨーロッパの精神史にみています。田近によると、「その抑圧された奥深い精神史とは、一つには、キリスト教における造物主たる神への反逆というか、異端に向かう瀆神的なくらい情熱である。そして、いま一つは、キリスト教が登場する以前からあった人類共通のアニミズム ── 呪術や魔術によって自然の神秘や神に近づこうとする原始的心性」なのです。おそらく田近の考えているのは、「人類共通のアニミズム」、「自然の神秘や神に近づこうとす

る原始的心性」が、疑似的人間創造にほかならない「ロボット」の概念を普遍化する歴史、文化的条件であるということでしょう。

　ところで、『R.U.R. ロボット』は日本にも早い時期に紹介された作品であり、手塚がチャペック経由でロボットの概念を受容していた可能性も十分にあるでしょう。チャペック以降のあらゆるロボット表象が起源としてのゴーレム表象を間テクスト的に内包しているのだとすれば、手塚によるロボット表象のありようもまたゴーレム的な特質をはらんでいたとしても不思議ではありませんし、その点では、ロボットであることは否定されてはいますが、マグマ大使についても同様でしょう。いやむしろ、あえてロボットではなくロケット人間と設定されているからこそ、なおさらゴーレム的な特質が強調されているのかもしれません。その点についてはまた後でふれます。

　もちろん、手塚がゴーレム伝説から直接的に金色に輝くロケット人間を着想して『マグマ大使』を創作したという客観的証拠はありません。しかし、この作品が発表された昭和40年代のはじめは、特撮巨大スーパーヒーローの黎明期であり、ある意味でオリジナルなヒーロー像をつくることが、何らかの疑似人間創造の行為と同質の思考だとすると、疑似人間としてのゴーレムの創造がロボットの概念を経由して、スーパーヒーローの創造に生かされたとしても不思議ではないのです。それなら、スーパーヒーローの創造にゴーレム的

表象が関連していることも単なる偶然とはかたづけられないでしょう。ゴーレム伝説がチャペックを経由することで、ゴーレムが本来もっていた特質のうちのある重要な要素が希釈（もしくは削除）され、結果として日本発の独特なスーパーヒーローの誕生につながったという仮説も成り立つのではないでしょうか。

　少し補足しておくと、チャペックによる本来のロボットのイメージは機械仕掛けというより、人造人間に近いものとして構想されています。この点からみると、ロケットに変形（あるいはロケットが変形）するマグマ大使もロボットというよりは、明らかに人造人間に近いイメージでとらえることができるでしょう。それに、単にロケットに変形するだけでなく、戦闘時には胸からミサイルを発射するというように、いかにも機械的属性を備えてはいても、マグマ大使の本質はロケットでもあり人間でもあるというあいまいな存在なのです。実写版『マグマ大使』の製作を手がけたピー・プロダクション代表の鷺巣富雄（うしおそうじ）によれば、ロケット人間とは「ただのロボットとは一味違った『マグマ大使』の人間的な表現」なのです。具体的にどのような点で「ロボットとは一味違った」といえるのかは、マグマ大使がどのように創造されたのか劇中での描写がまったく存在しないためにはっきりしません。しかしマンガ原作第2章でのマグマ大使自身の台詞（「私はロボットではない」）をとおして、ロボットへの帰属が否定されていることは見逃してはならないでしょう。

それによって、マグマ大使の神秘的な部分が強調され、またたからこそなおさら、未来的な科学によりつくり出されるロボットとは異なった、どこか生身の身体性を感じさせるあくまで疑似的な人間としてのキャラクターが前景化され、ユニークなスーパーヒーローができあがったのです。

しかし、機械性が否定され、代わって生身の人間性が強調されたからといって、それでマグマ大使の存在の謎が解明されたとはいえません。マグマ大使のアイデンティティを探る際に見逃してならないのは、神にも等しいが決して神ではないアースの存在でしょう。実写版の第２話で、「アースさまって誰なの？」とたずねるまもる少年に、マグマ大使は、「地球をつくったえらいお方だ」と答えています。『マグマ大使パーフェクトブック』に収録された登場人物紹介では、アースは「地球、及び人類を含めた地球上の動物の創造主。植物とは違うのだ！」と記述されています。このあたりの解説をふまえるなら、アースによる地球創造の物語にはどこか聖書的な影響、それも神によって創造された最初の人間アダムとイヴの誕生神話を読み込まないわけにはいかないでしょう。旧約聖書の創世記を参照するなら、神が土からみずからの似姿であるアダムをつくり、それから後にイヴをつくったことになるのですが、アースはそれになぞらえられる形で、最初のロケット人間マグマを、次いで妻モルを、さらにはまもる少年をモデルに息子ガムをつくったのではないでしょうか。

ユダヤのゴーレムの創造が最初の人間アダムの創造になぞ

らえたのと同様に、マグマ大使の創造もそれに準じたものと考えることができるでしょう。ただし、マグマ大使は、本来ゴーレムがもつとはされていない知性や洞察力、そして豊かな言語運用能力をもっています。とりわけゴーレムにはもつことが許されなかった言葉を自由に操れる能力は、マグマ大使が主人であるアースに仕える存在であり、なおかつ自己をもった存在でもあることを際立たせる物語的効果を発揮しているといえます。そのあたりがまた、マグマ大使のスーパーヒーロー性をさらに際立たせる役割を果たしているのです。

マグマ大使とその妻モルが、創造主アースによって、アダムとイヴ的な最初のロケット人間としてつくり出されたことは、彼らをあくまで人間的存在として扱うことの前提となっているといえます。この点に関連して、もうひとつ指摘しておくべきエピソードが実写版第2話にあります。そこでは、マグマ大使とモルが自分たちの子どもを欲しがるという、生物的なというか、人間的な家族愛の感情を表明します。利発で勇敢なまもる少年に接したことで、マグマ大使夫妻は自分たちもまもるのような子どもが欲しくなったのです。

> マグマ　「アースさま、お願いがあります。私はこの坊やが好きになりました。アースさまは私とモルをつくってくださいました。こんどは子どもが欲しくなったんです。この少年のような、勇気のあるよい子が」

モル　　「アースさま、子どもが欲しいんです。私たちの
　　　　子どもをつくってください」
マグマ　「ぜひお願いします」
アース　「夫婦がいて、子どもがないのも寂しかろう。
　　　　あーしかたがない、つくってやろう」

マンガ原作の物語内容をほぼ忠実に再現したこのシーンは、マグマ大使一家を疑似的家族として描こうとする物語の構想を具現化するものです。もちろんこのことは、マンガ原作であれ実写版であれ、物語の主要な受容者として想定される子どもを意識して、同年代のロケット人間を登場させる伏線ともなっています。マグマ大使とモルが夫婦であることは、アダムとイヴの創世記神話がもとになっていることと関連させてすでに述べましたが、さらに自分たちの子どもを欲するということが絡んで、ロケット人間が生物的のみならず、人間的な発想にもとづいて行動しているかについても表しているといえます。かくして、マグマ大使とモルの間には、まもる少年の身体を（あるいは心も？）コピーしてつくった、子どものロケット人間ガムが誕生するのです。ガムは、「坊や[まもる少年]の分身みたいなもの」とアースは言っているのですから。マグマ大使たちロケット人間は、このように疑似的ではあれ、子どもをもうける、つまり夫婦であり、ガムの父母であるという家族的役割をみずからに担うことによって、人間により近いアイデンティティを手にしていること

174

が、物語内容として確認されているのです。

　それにしても、チャペックがゴーレムからロボットを着想したことを手塚は意識していたのでしょうか。それはわかりませんが、少なくとも手塚が依拠したであろうロボットの概念にあらかじめゴーレム的なイメージが内在したからこそ、機械的なロボットとは異なる神話的で人間的でもあるマグマ大使が構想されたとはいえそうです。そうした構想が『マグマ大使』のストーリーワールドを形成するメンタル・イメージとして物語の創造に作用したのです。そう考えるなら、マグマ大使のキャラクターにゴーレム的特質の変形としてあらわれたとしても納得できます。つまり、マグマ大使は、チャペックのロボットがモデルであったかどうかは別にしても、ロボットから着想されたゴーレム的なスーパーヒーローであるといってもかまわないということです。

　実写版『マグマ大使』は、このゴーレム的なロケット人間の設定をうまく活用して、見方によってはロボット的でもありますが、同時に生身の人間性をも備えたスーパーヒーローの創造に成功している点に、いまいちど注目しておきたいと思います。人間的であって人間とは違う異形の存在、それはまさにゴーレムの定義の核心であり、またロケット人間としてのマグマ大使の特質そのものでもあります。ですが、不完全な人造人間としてのゴーレムから大きく変貌を遂げたマグマ大使の場合、主人に忠実であるという性質は担保しながら、いっぽうで素朴な愚かさが取り除かれることによって、

それこそ完全無欠のスーパーヒーローの条件がそろったとみることもできるでしょう。日本初の巨大スーパーヒーローであるマグマ大使が、そのような意味でゴーレム的につくられた疑似人間から出発して、家族をもつという人間的意識がキャラクターに追加されることによって、疑似的な人間性さえ超越した存在となったことは、決して偶然の結果ではなかったのです。

この章では、ゴーレムの伝説から『マグマ大使』へといたる物語更新のありようを、一貫してマグマ大使をゴーレムの文化横断的な末裔としてとらえることをつうじて考察してきました。ゴーレムとマグマ大使との類似性をまとめると次の３点に集約できます。その３つとは、(1)土からつくられた存在、(2)作り手との主従関係、(3)外敵から人を守る役割です。とくに３つ目の特質をみると、ゴーレムの役割はある意味でそのままスーパーヒーローの特質に重なります。本書第８章で、キャプテン・アメリカのゴーレムの関連性について話しましたが、そこですべてのスーパーヒーローの起源はゴーレムであるかもしれないと主張しました。もっともそれは過度の一般化かもしれず、ユダヤの民の守り手としてのゴーレムの特質が肯定的にあらゆるスーパーヒーローのイメージに受け継がれているからといって、それだけでとりわけ日本におけるゴーレム的キャラクター＝スーパーヒーローという等式に根拠が与えられるわけではありません。もちろんマグマ大使の創造は、直接的にゴーレム伝説につながるものではあり

ませんでした。繰り返しになりますが、マグマ大使はロボットではありませんし、素朴で不器用な愚者でもありませんし、むしろおよそゴーレム的な基本性質を有してはいないといったほうが適切です。特殊な金属の身体をもち、ロケット形態への変形も可能なマグマ大使は、いわゆるゴーレムにはない明確な自我と判断力をもち、人類すべてを守る使命を自覚してもいるのです。

　最初の人間アダムの創造を模して、土からできたマグマ大使を設定した手塚治虫の着想と、それを単純にロボットとはせず、優れた知性と身体能力、何より夫婦や親子愛を理解、実践する「ロケット人間」として具体化したことが、ゴーレム的人造人間転じて、あらゆる実写巨大スーパーヒーローからロボットアニメまで、広範な影響を当てるメンタル・イメージとなる契機となったのではないでしょうか。こうして、ゴーレムのキャラクターに内在する、不完全であるがゆえにときに暴走する可能性さえはらんでいたネガティヴな特質はすべて無効化し、結果として完全無欠なスーパーヒーローへの転化が生じたのです。プラハのゴーレムから着想されたロボットが、手塚治虫の想像力が加わって、ロケット人間となり、ロボットよりもはるかに生体的なキャラクター性を帯びたマグマ大使が創造されたのです。機械的な身体ではなく、生体的特質を保持したマグマ大使は、土から生まれたゴーレムをめぐる物語更新のひとつの展開形として、まったく独自のスーパーヒーローとなっていったのです。

11. 物語更新は作者をどう投影(プロジェクト)するか ──『エブリシング・イズ・イルミネイテッド』

　この章の主題は、文学とアダプテーション、そしてそれらと電子媒体による物語更新とのかかわりです。なかでも小説テクストとその映画アダプテーションが作者自身が主体的に運営するウェブサイトとどのように物語的にかかわっていくのかについて考えてみたいと思います。考察のキーワードは、作者の主体性です。考察の対象とするのは、ユダヤ系のアメリカ作家ジョナサン・サフラン・フォア。取り上げるテクストは３つ。まずフォアの第１長編小説『エブリシング・イズ・イルミネイテッド』(2002年)。作者が実名で作中人物のひとりとなり、自分のルーツ探しの旅を繰り広げる物語です。次に映画版アダプテーション『僕の大事なコレクション』(2005年。監督・脚本はリーヴ・シュライバー。原タイトルは小説と同じです)。これらに加えて考察の重要な補助線としたいのが、フォアのオフィシャル・ウェブサイトの中に、かつて存在していた『プロジェクト・ミュージアム』というページです。引き出しの多いサイトだったのですが、とくに前掲小説に関連するページに焦点を絞って考察を進めることにします。

　小説と映画とウェブサイト。それぞれに投影される作者の存在があるとして、果たしてそれらは同一のものといえるでしょうか。とりわけ、物語の創造／受容が多様なメディアで

実現する現代社会であるからこそ、インタラクティヴなコミュニケーションも可能なインターネット空間における作者の存在性をめぐる批評的前提の再考が迫られます。こうした問題をふまえた上で、以下でめざしたいのは、映像媒体を媒介として、小説とウェブサイトにおける作者の存在感をめぐるひとつの読みを提示することです。まず『エブリシング・イズ・イルミネイテッド』における２人の語り手の紡ぐ異質な声の対話的関係を分析します。次に映画版『僕の大事なコレクション』を取り上げ、アダプテーション理論を援用しながら、メディアの差異と語りの主体との関連について考察します。さらに、フォアのウェブサイトの中味を概観しながら、小説、映画版それぞれとのかかわりを考慮しつつ、そのハイパーテクスト的特質を探ります。ハイパーテクストとは、ここでは、メディアを越えて複数のテクストを相互に結びつける、物語の総体のこととします。最後に、小説と映画両メディアの表現形式を包含しつつ独自のメディア特性を現す電子媒体（インターネット）が生み出すテクストの受容者との相互交渉を検証し、そこに投影される作者の機能とウェブサイトの新たな文学的可能性について考えてみたいと思います。

「ぼくの正式名はアレクサンダー・ペルチョフ。しかしぼくの友だちの多くはすべてぼくをアレックスと呼ぶ。それがぼくの正式名をよりゆるく言ったものだからだ」。流暢だが標準的とはいえないユニークな語法（英語）を駆使する、生粋のウクライナ人にしてアメリカ信奉者アレックスは、物語

の主人公の一人であり、物語の主要部分での一人称の語り手でもあります。彼はハリウッド映画とマイケル・ジャクソンに代表される1970年代あるいは80年代のアメリカ・ポップカルチャーから英語を身につけたようです。そんな彼による何とも奇妙な味わいの語りで幕を開ける『エブリシング・イズ・イルミネイテッド』は、やがてさらに複雑な語りの構造を見せはじめます。作者フォア自身がジョナサンという名でもう一人の中心人物となり物語にかかわるのですが、興味深いことに、旅の記録を語るのは彼ではないのです。

　この小説の主要な物語内容は、ジョナサンの自己探求を軸として展開します。第二次世界大戦中に祖父がナチスの迫害を逃れ生き延びた際にアウグスチーネという女性に救われた話を祖母からきいたジョナサンは、手がかりとなる1枚の写真を手に、はるばるウクライナまでやってきます。そのジョナサンのガイド役を務めるのがアレックスです。運転手はアレックスの祖父。サミー・デイヴィス・ジュニア・ジュニアという雌犬も祖父の盲導犬として同行します。祖父の目は不自由との設定にもかかわらず、車の運転は可能というのも不思議ですが、これには重要な伏線があります。この珍妙な3人と1匹による、トラキムブロッドというシュテトル（ユダヤ人村）を探し、アウグスチーネという女性の消息を求める旅がはじまります。やがてアレックスの祖父にジョナサンの自分探しに何らかのかかわりをもっていることが判明し、物語は思わぬ悲劇へとつながっていくのです。旅の記録はア

レックスの回想録が受けもつのですが、これ以外にも、この小説ではさらに2つの流れがあります。ひとつはジョナサンが書き手となり語り紡いでいく、彼の祖先が暮らした共同体の歴史と人々の生活をたどる寓話的（あるいは叙事詩的）な物語群。そしてもうひとつが、アレックスからジョナサン宛ての手紙です。これら2つとジョナサンの自己探求物語とがひとつの単位となり、小説全体で計8回繰り返される仕組みとなっているのです。

　さてこの小説ではジョナサンとアレックスそれぞれの語りが対話的に絡み合っていますが、注目すべきなのは、2人はたがいの原稿をやり取りしながら、手紙で意見を述べ合っていることです。小説に挿入されたものだけで手紙は計8通。そのうちアレックスからジョナサン宛に書かれたものが7通で、最後の1通はアレックスの祖父の遺書をアレックスが翻訳しジョナサンに送ったものです。それらの日付をひとつずつ確認すると、1997年7月20日、9月23日、10月28日、11月17日、12月12日、同24日、翌1998年1月26日。そして祖父からの遺書めいた書簡が1月22日付となっています。手紙の内容は、原稿へのコメント、ときには内容への修正の要求も含んでいます。このうち、最初の手紙の冒頭で、アレックスは自分の英語力の乏しさを認め、「もしもぼくの実行したことがうれしくなかったら、それをぼくのもとに戻してください。きみのお気にいるまでねばってこつこつ仕事するつもりです」と書いています。2通目の手紙では、アレックス

は、「物語のことについて話ししましょう」とことわって、「きみが命じたその他の訂正をすべて手本にしてこれをこしらえました」と述べています。アレックスの文体には語法の誤りが散見されるのはもちろんのこと、不適切な表現や内容の訂正あるいは削除もあり、ユダヤ系のジョナサンへの差別的発言や表現まで含まれています。こうした修正の最終判断をジョナサンにゆだねている記述もあります。ジョナサンは作者フォアのペルソナなのですから、語りの主導権が彼にあっても不思議はありません。ところが、こうした2人の語り手の関係がゆらぐ瞬間に読者は立ち会うことになるのです。実際、アレックスがジョナサンの助言にしたがい書き直した事実は確認されません。つまりテクストはアレックスが最初に書き送ったままである、言い換えれば、ジョナサンはみずから指示した訂正を最終的には撤回し、書き換えられた文章をさらに書き換え、もとどおりに復元したということなのか、そのあたりもはっきりしないのです。

　同様の疑問が逆の状況についても残ります。ジョナサンが執筆したトラキムブロドの歴史を語る物語をめぐり、アレックスはその人物造型や悲劇的展開に対して苦言を呈し、ときに痛烈な批判さえしています。ですが、アレックス側からもジョナサンに明確な働きかけがあったことが手紙の内容から推測されるにもかかわらず、それがどれだけ推敲に生かされたのかを確認する手がかりがないのです。それはひとえにジョナサンからの返信がテクスト化されていないからにほか

なりません。どうしてそういうことになるのでしょうか。たとえば、こういうふうには言えないでしょうか。つまりジョナサンは書き換えの事実をめぐる経緯をつまびらかにしませんが、語りのレベルではアレックスの文体から受けた影響を織り交ぜているのではないかと。というのも、奔放なアレックスの語りとは対照的に、抑制のきいたトーンに導かれていたトラキムブロドの物語に、ときとして前者を彷彿とさせる逸脱的な語りの声が反響しはじめるからです。みずからのルーツである「曾曾曾曾曾祖母」のブロッドから祖父サフランへいたる、一族史を語る想像力に満ちた物語は、「それは1791年の3月18日のこと、トラキム・Bの4輪馬車がブロッド川に転落して、遺体は川底に縛りつけられたのかもしれないし、そんなことはなかったのかもしれない」、と冒頭から三人称で淡々と語られるのですが、やがて物語は、ときに客観性を度外視して、きわめて個人的な一人称語りの声を響かせずにはいません。「それに、赤ん坊のことはどうか？ 僕の曾曾曾曾曾祖母のことは？ これはもっと困難な問題だ。だって川で命が失われるというなら比較的簡単に納得できるけど、川から命が生まれる話なんて理解できっこないよね？」。ブロッドやサフランをみずからのルーツ、つまり「僕の」という所有格とともに語るとき、ジョナサンは物語世界外の三人称の語り手であることを忘れ、遠い過去の寓話物語を彼の生きる現実世界へと、その主体的想像力を駆使して投影しているのです。そのとき彼は隠れた語り手であることをやめ、

物語言説に積極的に介入し、饒舌にみずからの声を聞かせます。こうしたジョナサンの語り方に逸脱や脱線をいとわない奔放なアレックスの語りと表裏一体の関係を見ないわけにはいかないはずです。まったく対照的に思われた２人の語りが共鳴する可能性に読者は気づくことを求められているとさえいえるでしょう。

　いや、もしかすると、アレックスとジョナサンの語りの共通するルーツはトラキムブロドの祖先たちによる語りへの渇望にまでさかのぼれるのではないでしょうか。この村にはかつて高名なラビが書きはじめたという、『先人たちの書』という公式な共同体史が存在したことが物語中で言及されています。はじめは「戦争、条約、飢饉、地震、政治体制のはじまりと終わり」など「主要な出来事の記録」であったこの書物は、やがて「ますます詳細な記述となり、村の人々は家族の記録や写真、重要書類や個人的日記」を書き込むようになり、ますますその規模は拡大していったと叙述されます。

　　『先人たちの書』は、かつては年に一度更新されていたが、今や間断なく更新されるようになり、やがて何も書き込むことがなくなってしまうと、専従の委員会が委員会の報告を掲載した。ひたすらこの本を書き続け、拡大し、やがて人生そのものにより近づけるためだけに。われわれは書いている……われわれは書いている……われわれは書いている……

この「われわれは書いている」という文は、『先人たちの書』から抜粋された項目をジョナサンがひとしきり書き出したのち、約1ページ半にわたって「われわれは書いている……われわれは書いている……われわれは書いている……」と強迫観念的に反復されます。ひたすら書き続けることと生の営みを同一視したトラキムブロドの人々の生活感覚が、ジョナサンにあっては書くことの自己意識の逆照射として、また彼の分身といってもよいアレックスにおいてはそれが誇張的に変形され、遺伝子レベルで継承されているのではないかと思わせる強烈な物語意識として、この小説の物語言説の基盤をなしているのです。そうした語りの具現形態こそ、この小説の2人の語り手による対照的だが呼応し合う声のありようなのです。

　それにしてもなぜフォアはこうした語り方を選択したのでしょうか。旅行記、虚構の物語、そして手紙がモザイク的に織りなす小説の全体的様相は、アレックスの旅行記が主軸の物語、彼の手紙が中間章、そしてジョナサンの語りは「余談」にみえますが、トラキムブロドの余談的な物語は、ホメロスの叙事詩にある物語的脱線とは異なり、実は「物語の主要な部分」であると断言するエレイン・セイファーのような向きもあります。フォアは脱線的なアレックスの語りを中心とした物語理解も選択的に可能な形で小説を編制したのかもしれません。しかしそれならばなぜ、テキストの書き換えに対し

て自己言及的なこの小説が、対話的相互交渉を一方通行としてのみ提示し、語りの主導権をあいまいにしているのでしょうか。物語がジョナサンとアレックスの完全に対等で補完的なコラボレーションに依拠しているようでもあり、最終的にはどちらにも帰属せず、断片的な文章が漠然と放置されている、きわめて宙ぶらりんで不透明なテクストにも見えるのはなぜでしょうか。

この点を例証する一節を検討してみましょう。ジョナサンはトラキムブロドの物語を書くためのメモ代わりとして日記をつけています。このことをめぐり、アレックスとの間で以下のやりとりがあります。

「日記に何を書くの？」「メモをとっているのさ」「何について？」「今書いている本のためだよ。覚えておきたい細かいことがいろいろとあってね」「トラキムブロドについての？」「そのとおり」「よい本ですかそれは？」「まだ断片的にしか書いてはいないけど」「この夏こっちへ来る前に数ページ、プラハへの飛行機でも少し、ルホフへの汽車でもまた書いて、昨夜もちょっとね」「そこからぼくに読んでくれ」「はずかしいな」「それはちがいます。はずかしくはありません」

アレックスはメモの一部を読みますが、そこには彼とその家族のことが書かれていたりします。おそらくジョナサンの

日記にはトラキムブロドの物語素材だけでなく、アレックスを軸にしたメモの断片も書きこまれていたのではないでしょうか。アレックスは次のようにも書いています。「いくつかは遠い昔に起こったこと、そしていくつかはまだ起こってもいなかったこと」。あるいはアレックスの回想録もジョナサンの語りへと回収されるのでしょうか。しかしジョナサンのメモを読むくだりも、この部分の語り手アレックスの創作という可能性もあるはずです。
　２人の語りはその主導権が相対化された形でコラボレーションとして並列されています。独創的な仮想史は現実の旅の回想録と多様に結びつき、事実と虚構が錯綜しあうハイパーリアルな物語の織物として幻視されるのです。スラップスティック的な回想録がシリアスな物語へと変貌するアレックスの語りと、幻想的な寓話が悲惨なホロコースト物語へと変換されるジョナサンの語りは、一方的な占有関係をきっぱりと拒絶し、絶妙な対話的バランスを保ちつつ、複層的に絡み合い表裏一体となります。もっとも、際限なく拡散する物語のハイパーリアリティを制御する主導権は読者にゆだねられています。それがこの小説のそもそもの構想なのでしょう。セイファーも述べているように、「フォアは小説を書くことおよびそのプロセスをめぐる論争に読者もかかわるよう仕向けている。[……]語りの３人目の参加者にひきいれて」いるともいえるでしょう。語りの主体が変動を繰り返す物語は、アレックスとジョナサンどちらを軸に読むかに応じて、

異なる相貌をみせる可能性をはらんでいます。それらを制御し、多様な物語の可能性を読み込む自由が読者に与えられているのです。アレックスは手紙のひとつに、物語のコラボレーションを自覚しているかのように、こう書いています。「(ぼくたちは書くこととともに、おたがいに物を思い出させているのですね。ぼくたちはひとつの物語を作っているのです、よね？)」。「ひとつの物語」は変貌を繰り返す多様な物語のネットワークを志向します。逆説的な言い方ですが、ひとつの物語に収斂しないことに意味があるのです。

　映画『僕の大事なコレクション』は原作のエッセンスをうまく生かしたアダプテーション作品です。シュライバー監督はフォアが『ニューヨーカー』誌に発表した小説の抜粋にインスパイアされたと語っています。物語的には、2人の語り手の対話的関係を単純化することで独自性が打ち出されています。邦題の「僕」はジョナサン(＝イライジャ・ウッド)であり、主人公は彼だと考えるのは妥当ですが、実は映画版の扱いは少々異なっています。そもそもジョナサンの人物造型からして原作小説とは微妙にずれています。この点について、映画の中から、以下の車中でのジョナサンとアレックス(＝ユージン・ハッツ)の会話シーンを引用して検証してみましょう。メモをとるためジョナサンが分厚い手帳を取り出したのに気づいたアレックスが、君は作家か、その手帳は何なのかと話しかけます。ジョナサンは、自分は作家ではない、これは日記ではなく「カタログ」だと答えます。

ジョナサン　　どうして旅行社は僕が作家だなんて言ったのかな。僕は作家じゃないよ。まあ、ものは書くけど、作家というより……そう収集家かな、ほんとのところ。
　アレックス　　じゃあ何を収集するのですか？
　ジョナサン　　いろんなもの。家族にまつわるものだ。
　アレックス　　それは良い仕事、ですよね。
　ジョナサン　　いや、仕事ではなくて。ただ自分のしたいことかな。

　２人の会話のすれちがいがおもしろいシーンですが、原作からの重要な変更が凝縮されている点で重要な場面です。まずジョナサンの「日記」が「カタログ」(収集品についての備忘録か)となっていることがわかります。そしてジョナサンが作家キャリアを否定し、「収集家」であると自己を規定していることも変更点です。原作のジョナサンは作家志望の若者ですが、映画版では自分にかかわる「もの」を強迫観念的に収集するコレクターとしての個性を際立たせています。

　重要なのは、主人公の人物造型を改変したアダプテーションの方向性です。映画版の物語は原作からアレックスによる旅の回想をもっぱら中心的に抽出して構成されています。さらに見逃してはならないのは、執筆中のアレックスの映像と語りから映画がはじまるということです。映像と朗読する彼の画面外の声が重なり、進行役(つまり語り手)がアレック

スひとりだと冒頭部から観客に印象づける仕組みになっています。ちなみに物語は原作の旅行記部分のサブタイトルに基本的にはしたがって展開し、『エブリシング・イズ・イルミネイテッド』という物語をアレックスが書き上げて終わります。

いっぽう映画版ではジョナサンの設定変更にともなって、彼のトラキムブロドの物語は考慮されません。この点も原作と映画アダプテーションとの大きな違いとなっています。もちろん変更をともなわないアダプテーションなどありえませんし、当然のことながらさまざまな改変が施されることは不可避です。およそ105分の映画は、276ページの原作小説を必要に応じて圧縮し、物語的に修正を施しつつ、物語内容にかかわる細かな時間的「更新」を行っているからです。ですが、トラキムブロドの物語、とくにナチスの侵攻以前の部分が映像化されないために、結果としてジョナサンとアレックスの語りをめぐる対話的関係は描かれていません。アレックスは原作と同様にジョナサンを繰り返し「主人公」(the hero) と呼びますが、そのことと矛盾するように、真の主人公は一人称の語り手でもあるアレックス自身と映るように物語が編制されているのです。

もっとも、アレックスに物語的焦点をあてることによって、映画版は独自の世界観を提示しています。鍵となるのはアレックスの祖父 (= ボリス・レスキン) です。映画後半の主役の座はむしろ彼が担っているようにさえ思われます。祖

父の秘められた過去、すなわちナチスの手を逃れ、ユダヤ人の自己を捨てた過去が暴かれ、そして彼の自殺がクライマックスになるというショッキングな物語の流れは、原作を凌駕するほどの緊張感を画面に表現しているといえます。アレックスの祖父をユダヤ人とする解釈が、原作の錯綜するハイパーリアルな物語のネットワークをたくみに統合している点が重要なポイントです。原作ではアレックスの祖父が友人のユダヤ人をナチス兵に知らせたことが葛藤の原因となっていますが、それが迫害意識か自己保全のためかはっきりしないために、祖父の自殺の理由があいまいなのです。彼自身がナチスの虐殺の対象であったのか、祖父が明かすことがないからです。いっぽう映画版では、彼もユダヤ人たちとともに集団処刑にかけられ銃撃されるが生き延びます。死体の山の中から這い出した彼は、そのまま村から姿を消します。ここまでの流れが祖父の回想により挿入されることで、彼がユダヤ人である事実を、そして贖罪のために死を選んだことも明確に物語っているといえます。

　こうした物語の変更によって新たな読みの可能性が付け加わります。それは孫のアレックスがユダヤ人の血をひくという可能性です。彼は自分自身の知られざるルーツをもたどるユダヤ人の同胞、つまりもうひとりの主人公だといっていいでしょう。それも、みずからの生存を同じユダヤ人の死と引き換えにした罪悪観を隠蔽し、経歴も偽り、あまつさえ典型的ユダヤ人嫌いとして生きた祖父の血を引く孫だという宿命

を自覚する悲劇的主人公なのかもしれないのです。結末で旅を終えたジョナサンが別れ際に祖父の形見であるダヴィデの星のペンダントをアレックスに手渡す場面は、原作にはないオリジナルな展開なのですが、これもユダヤ人としての彼の自己を再刻印する証左なのだと考えることができます。

そういう意味でも、『僕の大事なコレクション』の「主人公」はアレックスでなければならないのです。ジョナサンが「収集家」として、その強迫観念的なフェティシズムを前景化して人物造型されるのは、物語の主導権がアレックスにあることを監督兼脚本家のシュライバーが独自の解釈として選択した結果なのです。なるほど、これは原作からの逸脱だと片づけてしまうこともできるでしょう。ですがその逸脱は、原作からアレックスの祖父を軸とする派生的な物語が創出されることによって、ユダヤ人の思想的伝統である信仰と記憶をめぐる主題的関心を受容者の意識に刻印することに成功しているのです。

このように、『僕の大事なコレクション』は原作とは焦点の異なる派生的物語によって核心的テーマを浮き彫りにする見事なアダプテーションを生み出しているのです。原作者フォアが焦点を当てた2人の語り手の対話的関係、自己照射的な物語の創作意識への問いかけ、また作家としての自己実現をかたどる自己言及性の問題も映画版は考慮しませんが、その代わりに、屈折したユダヤ人意識をめぐる物語を原作に付け加えているのです。もっとも、これをアダプテーションがは

らむ原作との間の本質的優劣関係、あるいは原作の再現不能性を裏書きするものと解釈したところで意味はありません。ハッチオンも述べるように、「映画においては監督と脚本家が翻案の主要な役割を分かち合う」のだとすれば、『僕の大事なコレクション』の作者はシュライバーだということになるでしょう。いやより正確にいえば、ひとりの読者であった彼が、果敢に原作テクストを読み換え、テーマ的関心もまた改変することによって、もうひとりの物語作者としてのみずからのイメージを物語に投影してみせたのです。

　フォアの文学的関心は、作者の存在とテクストの意味作用との関連を自己言及的に探ることにあります。『エブリシング・イズ・イルミネイテッド』が2人の語り手の言説が交錯する物語形式をとるのはそのひとつの証左とみていいでしょう。何よりもこの小説とほぼ同時期に開設された作者の公式ウェブサイトが、語りの重層性に対する関心の深さを裏書きしているのは興味深いところです。ここではフォア自身のサイトの詳細を概観しつつ、小説世界および映画翻案との関連を探ってみましょう。

　フォアのサイトは、限定的ではあるのですが、作者自身のことばを主体的にアウトプットする文学的実験の場となっています。サイト全体が、手の込んだひとつの大きな物語空間となる可能性を秘めてさえいえるのです。では、現在は閲覧することができませんが、参考までにそのトップページを見てみましょう。地下鉄駅に入線する車両と乗降客を二重写

しにしたエンドレスな動画画像と、「プロジェクト・ミュージアム」の由来をつづる短い文章があります。引用してみましょう。

　42番街駅のA・C・E線プラットフォームの下に広大なフロアがある。もっとも、現在目にすることができるのは階段へと通じる部分を覆う黄色い金属製の蓋だけだが。地下2階部分が建設されたのは1959年のこと。特別追加料金を払いアクイダクト競馬場行きの列車を走らせる場所を設けるためだ。その年の9月、アクイダクト駅が営業を開始、42番街地下2階駅から列車が走りだした。途中の停車駅はホイト・シャー・マホーン駅のみ。ブルックリン急行線を走っていた。競馬場への運行は1981年に終了、地下2階は封鎖された。

　20年後、通行まばらな時間帯に、それもいちどに一作品だけだが、プロジェクト・ミュージアムは展示品の地下2階への搬入を開始した。この18か月の間に、わがミュージアムはその規模を大いに拡大した。ただし、いまだ何10万平方フィートのほんのわずかしか使用してはいないのだが。

　黄色い蓋の上を歩く人々の中で、絶えず拡大をつづけるプロジェクト・ミュージアムの存在が真下にあること

を感じとっている者は少ない。

　実在する駅の下層部に（第1パラグラフは史実にもとづいています）想像力を駆使してつくられた、無限に増殖する壮大な物語空間は、まるでトラキムブラドの人々の『先人たちの書』のようです。どこまでも拡大を続ける物語こそ、過去から未来へと受け継がれる人と人の絆を叙述することこそフォアの物語意識の根幹にあるものなのでしょう。ウェブサイトが、いわばこの人生に等しい物語空間が拡大するプロセスそのものを見せてくれているといえるかもしれません。では実際にページに入ってみましょう。

　まずは、トップページ左側の画像の中央、「黄色の蓋」をクリックします。リンクされるページは複雑に入り組む地下鉄の路線図のようなサイトマップです。それぞれの路線の上にカーソルを移動させると、画像の下部に路線名が表示されます。稼働中のページは、「タイプ・アンド・コピー線」（Type and Copy Line）と「動画線」（Moving Image Line）のみですが、以下では、フォアの小説作品に関連するページである「タイプ・アンド・コピー線」にしぼって考察することにしましょう。

　さて、「タイプ・アンド・コピー線」からさらに「著書」（Books）紹介ページへ移動すると、その時点までに作者が発表してきた3冊の作品についての情報がわかります。とりわけ、『エブリシング・イズ・イルミネイテッド』に関しては詳

細です。たとえば、映画版のオフィシャル・ページへのリンクはもちろん、物語にまつわるいくつかの事柄が、独自の資料や画像イメージとして表現されています。

　では、『エブリシング・イズ・イルミネイテッド』に関連するページを開いてみましょう。まず、「オンライン・リソース」として、以下のページへのリンクが用意されています。ひとつは、「アウグスチーネとは誰か？」。もうひとつは「ヘリテージ・ツアリング」。これらのページについては、2018年現在でも閲覧することが可能です。アウグスチーネとは、ジョナサンの祖父の命をナチスの手から救った女性の名でしたね。「ヘリテージ・ツアリング」とは、アレックスの父親が勤める旅行社のことです。おもにアメリカのユダヤ人がポーランドやウクライナでルーツ探しの旅を手配する会社との設定です。サイトにはこの「ヘリテージ・ツアリング社」のページもつくられ、閲覧者はこの架空のサイトにアクセスすることもできるのです。まるで実在の旅行社のサイトのようにページもレイアウトされ、メールも送信できる体裁さえ整っています。それにしても、こうしてウェブ空間に疑似的にではあれサイトが構築されているのをみると、閲覧者は活字媒体の原作小説が現実世界へ開かれた錯覚におちいってしまいそうです。

　さて、「アウグスチーネとは誰か？」へ移動しましょう。タイプ原稿、航空便封筒、切手、紙幣、それにヘリテージ・ツアリング社の名刺を映す画面が現れます。ここにアレックス

の原稿（の一部）が再現されています。タイプされているのは小説の冒頭部分です。気になるのは日付です。2000年7月2日とあります。これをアレックスが書いたものだとすると矛盾が生じてくることが、原作小説を読んでいればわかります。小説での時間の流れにしたがえば、アレックスは小説冒頭部の「とても堅い旅のはじまりへの序章」を1997年の7月以前に書いていなければならないからです。すでに述べましたが、原作小説に挿入されていた同年7月20日付の手紙に、序章の書き換えをめぐる内容が含まれているからです。もっとも、サイトに再現された原稿は最初の1ページのみで、それ以降を読むことはできないのですが。

　あくまでこの小説を実話として読むことにこだわり、出版年の2002年を時系列的基準にするなら、2000年7月の原稿を最終稿とみなすのは妥当な解釈です。ですが、そうなると新たな疑問が生じます。1997年7月の時点でいったん書き換えられた文章が、それ以降どこかの時点で完成版（あるいは復元版）に差し替えられていなければ、つじつまが合いません。3年もたってから、またあらためて原稿を送るというのは、どう考えても不自然だからです。

　ですが画像をよく見てみると、日付の文字のポイントが本文より明らかに大きいことに気がつきます。さらに行も斜めに傾いています。どうやらあとから書き足されたか貼り付けられた可能性が読みとれる体裁になっているのです。ちなみに、7月2日とは、小説ではアレックスがルホフ駅にジョナ

サンを迎え、ルーツ探しの旅に出るその日付にほかなりません。また同様の書き換えらしき跡が、2行目から3行目にかけてあります。「ぼくの正式名をよりゆるく言ったもの」、あるいは「母親はぼくのことを〈怒らすのもいいかげんにしてアレクシー〉と呼ぶ」も、明らかにそれ以前に書かれていた文に上書きしたものです。さらにいえば、1段落目の下から5〜6行目と3行目にも同様の上書きの痕跡が読み取れます。あるいはこれらを、1997年に打ち込まれたアレックスの元原稿にジョナサンの再修正が施されたと考えるのは深読みのしすぎでしょうか。この改変が2000年の時点で行われた可能性はじゅうぶんに想定できます。この文章はアレックスに帰属することにはなりますが、同時にジョナサンも自由に関与できた点で、2人の共同執筆によるものであることをあらためて裏づけているともいえます。だとすれば、手紙の日付があえて2人の出会いの日付である所以にも納得がいくでしょう。

また興味深いのは、原稿下部に並んだ下線の引かれた3行です。「アレックスのことをさらに／ぼくの家族のことをさらに／ヘリテージ・ツアリング（ぼくの労苦）」。これらは原稿の後に続く文章の見出しとも考えられるのですが、そのままサイト上のリンクとしての機能も持っており、リンク先のページとともに壮大なサイト上の物語的ハイパーテクストのネットワークを構成しています。これもまた、アレックスの原稿にジョナサンが手を入れた可能性を示唆する点で重要です。

さらに、原作小説と映画版アダプテーションとの関連で見逃してはならないもうひとつのポイント、それは物語の書き手をめぐる問題です。映画版で描かれたアレックスの手記原稿を思い出してみましょう。映像として表現されていたのは、アレックスがペンで執筆する手書きの原稿でした。つまり映画版では、アレックスが用紙にペンで小説と同じくだりや、章のタイトルを書きつけていく様子を映像化することによって、書き手としての彼の印象を視聴者に刻みつけています。小説を読み、さらに映画版翻案も観た読者は、原作ではあいまいだった作者の機能をアレックスに付与するでしょう。ウェブサイト上のアレックスの原稿は、この書き手の定義を覆しています。もともと原稿はアレックスの肉筆だったというひとつの現実がタイプ原稿として模倣され、それこそがアレックスの原稿に相違ないという現実以上の現実感を、サイトではストーリーワールドのたくみな置き換えによって醸し出しているわけなのです。

　小説と映画をともに受容したサイト閲覧者はこの画像を参照したときに、アレックス＝作者という等式にゆさぶりをかけられていることに気づくはずです。この画像は、映画版で前景化されていたアレックスの作者性について再考させる手がかりとなっているのですから。前に述べた映画版との時間的ずれの感覚は、そのままフォアのウェブサイトが、映画版ともまた異なっていますし、もちろん原作小説とも同じではないもうひとつの物語空間をつくりあげ、そうした空間こそ

が本質的な作者機能をジョナサン（つまりフォア）が取り戻すために不可欠な場であるという読みの根拠を与えているのです。

　こうして、ジョナサン→アレックス→フォアと作家機能がシフトしていくプロセスを、小説、映画、サイトすべての受容者だけが追体験できます。ジャック・ポストは、「実験的なウェブサイトの読者は［……］言語テクストを読むだけでなく、テクストを見、音声を聞き、マウスボタンに触れている」と指摘しています。そうした受け手側からのインタラクティヴな働きかけをいざなうページがあります。それはアウグスチーネの（実際にはこの女性は作中、劇中ともに、みずからをリスタと名のっているのですが）部屋をかたどった画像です。このページのおもしろいところは、対象物のどこかにカーソルを移動させると、別画像へとさらにリンクされる場所探しができることです。たとえば、画面中央やや右側の鏡をクリックすると、出典は不明ですが、フォアが収集したと想定される古い動画フィルムの映像資料へとリンクします。そこには古い、おそらくウクライナかどこかのユダヤ人村（シュテトル）に住む人々の生活が映し出されるのです。

　また画像の左側に積み上げられた箱。これらは、小説や映画版でも描かれるアウグスチーネのさまざまな遺物のコレクションを納めた箱なのですが、そのいくつかにカーソルを合わせると、箱の側面に書かれた「名」が画像下部中央部のテーブルに表示されます。そのほとんどは題目の表示のみです

が、中でもただひとつだけ、箱の真ん中に位置する「遺品」と書かれた箱をクリックしてみましょう。すると、別画像へとリンクされます。その画像こそ、泥まみれの瓶に納められた指輪にほかなりません。

　注目したいのは、原作小説や映画では箱を開くのはジョナサンですが、サイトではその役割がサイト閲覧者だということです。つまり、閲覧者は「主人公」の役割を追体験できるのです。マリー＝ロール・ライアンは、「没入」(immersion)と「インタラクティヴ性」(interactivity)を仮想現実の読解に参入する読者の主要な反応のありようであると述べています。私たちはインターネットに構築された物語空間へと積極的に参入し、物語と主体的にかかわることで、ときに主人公の行動さえ、場合によっては語り手や作者の位置をも占有する機会が与えられるのです。フォアの文学世界の受容者も、こうした役割に主体的に没入し、インタラクティヴな関与を実践することを求められているとも考えられます。あるいは独自の物語を生み出した映画版のシュライバー監督もサイトの参照者だったのでしょうか。原作小説を読んだ読者、あるいは／そして映画を観た観客は、それぞれの物語とこの映像資料をリンクさせることで、新たな読みをみずからの意識に投影していくにちがいありません。これこそテクスト受容者のインタラクティヴな物語への関与の一例としてふさわしいありかたにほかなりません。

　インターネット時代のハイパーテクスト的物語意識には、

並行世界的に潜在する物語と作者／受容者との対話的関係性が不可欠です。少なくとも、フォアの物語世界についてはそういえるでしょう。だが、ハイパーテクストを無限に開放する文学的想像力を刺激する力を供給するのが「作者」だということ、そしてそのような作者の存在が表象される典型的な場こそ「オフィシャル・サイト」であることは、あらためて指摘すべき興味深い結論です。

『エブリシング・イズ・イルミネイテッド』は、ジョナサンとアレックスの文体を、あえて対話的な形で並存させ物語を複層化しています。小説の最終的な統括者は作者フォアですが、物語言説はジョナサンとアレックスのコラボレーションの産物として表現され、2人の語りの主導権は相対化されつつ、対話的に共鳴しあっているのです。『僕の大事なコレクション』の主要な書き手はアレックスですが、原作の語りの主体をめぐる対話的関係にゆさぶりをかけ、そこにユダヤ人とホロコーストの問題を絡めシリアスなストーリーワールドをより際立たせる物語更新を選択しました。『プロジェクト・ミュージアム』に展開される一連のサイト上の物語補完は、『エブリシング・イズ・イルミネイテッド』の物語内容の再構成を意図したものだと考えられますが、小説と映画両方の物語テクストに対するハイパーテクスト的な注解、もしくはメタコメンタリーの役割を果たしてもいます。インターネットのハイパーテクスチュアルな物語空間を利用して、小説と映画の物語内容を相互補完させながら、両メディアに対して

も補完的な物語言説の場を提供しているのです。しかもその補完をテクスト受容者の主体的関与（インターネットに入ることをつうじて）にゆだね、その参加を物語世界に再回収することで作者の主体性を再投影させてもいると考えることができます。ヤン・ヴァン・ルーイによれば、ウェブサイトは、「作者に意味を制御し、読者を導いてある種の物語の立体的配置へと導く機会をより多く与えてくれる新しい文学的装置」だということを、フォアのサイトは例証的に示してくれているのです。

　この章で検証したのは、作家の概念とその存在感をめぐるメディアを横断した多様なテクストのネットワークの可能性でした。複数のテクストを相互に関連づける高次のテクストをハイパーテクストと呼ぶとすれば、フォアのウェブサイトは小説と映画とサイト内の派生的物語とを相互に結びつけるインターフェイスの役割を果たしているといってもいいでしょう。フォアは、映画とは直接関連しない独自の映像資料を駆使して、再補完的な物語を構築しました。ある意味でそこには、原作小説と映画版とを大きな物語として包摂する意図が込められているようでもあります。そしてそれによって、ジョナサン（あるいはフォア）の作者性も回復がもくろまれているとも考えられます。そうした一連の流れを、私たちは読み解いていたのかもしれません。

　最後にシルヴィオ・ガギのハイパーテクストをめぐる以下の洞察的な一節を引用して、考察を終えましょう。

ハイパーテクストの体系が、とりわけ多様な作品を統合する体系が私たちの主要なテクストの媒体となるとき、読みのありかたも、そして文学のありかたもまた改められることになるだろう。あらゆる書物は、物語も詩も随筆や評論ももはや主要な単位、多少とも完結し自足的な何らかの種類の陳述とはみなされなくなる。代わりに姿を現すのはテクストのネットワーク。私たちはそこへ参入し、その中を移動し、何であれ目的を追求し、何であれ学ぼうとするものを学んだ後に、そこから出てくる。まさにそうしたテクストのネットワークだ。

　ガギの想定する「テクストのネットワーク」とは、さまざまなテクストの型を包摂し、相互に結びつけ、無限の動的生成力とインタラクティヴな対話的可能性を開放する流動的な場です。ウェブサイトはまさにその潜在的な理想形ではないでしょうか。そこが少なくとも「作者の死」がいまだ現実化しない超越的仮想空間である限り、作者はその公式の場(オフィシャルサイト)から、みずからの「声」を主体的に投影できる場(サイト)を持ちつづけることができるのです。それこそ電子媒体と文学の取り結ぶ新たな物語更新のありかたのひとつだといえるでしょう。

12. デコード／エンコードのプロセスについての覚書 ──『おそ松くん』と『おそ松さん』

　ここではまず、理論の復習から話をはじめましょう。物語更新の理論的な鍵概念となるのは、ストーリーワールドとメンタル・イメージの２つでしたね。この章では、この２つの概念に焦点をしぼって物語更新理論を解説する際の覚書を残し、またアニメ・アダプテーション作品を対象とした物語更新理論にもとづく考察の実践をしたいと思います。

　物語更新理論は、あらゆるジャンルとメディアをつうじて伝達される物語の受容とその（再）創造、またそれら一連の過程に注目します。物語の受容とは、理論的にいえば受容者が物語言説（ディスコース）から物語内容（ストーリー）を内的に再構成する過程に相当します。ストーリーはディスコースの受容過程で生じる物語の抽象的全体像ととらえられます。構造主義物語論において、ストーリーは「物語内容」とされ、時系列と因果関係にもとづく物語の仮想的全体と定義づけられました。ただし、このような物語の事象の総体としてのストーリーは、実際には何らかの形式で具体的に記述されない限り、物語の作者または受容者が仮想する認知的構築物にとどまることが構造主義物語論においては考慮されていませんでした。これに対して、ストーリーを所与のものとは考えず、物語のディスコースを解読してはじめて認知可能な概念であることに注目するのが、認知科学の知見を取り入れた

認知物語論なのです。

　しかし、物語の受容者がディスコースを解読して得られる物語の全体像がストーリーであるとしても、具体的にそれはどのような形でわれわれの記憶に刻まれるのでしょうか。この疑問はそもそも物語の内容面をつかさどるとされる「ストーリー」の定義を修正する問題とかかわります。なるほど、概念的にストーリーは物語の内容面全体をあらわすものであると定義上は位置づけられています。とはいえ、基本的には漠然とした物語の認知的全体像を表象するにとどまるストーリーを、物語の受容者はいったいどのような形で具象化して理解するのでしょうか。別の言い方をすれば、受容者は物語内容をどのようにとらえることで、物語を経験したと認識するのでしょうか。

　ところで、物語更新を先行する物語の作り変えの現象と定義するなら、その出発点は物語の受容にあることをいまいちど確認しておきたいと思います。ですが、物語の受容を裏書きするひとつの形がディスコースの解読によるストーリーの形成であるとみなすとしても、その具体的な解読行為およびその過程をつうじて得られる物語の理解について具体的にどのようなものと考えればいいのでしょうか。たとえば、物語の受容者が物語の記憶を呼び出す、もしくは何らかの形で記述、あらすじを友人に語り聞かせる場合から、公式なアダプテーション作品として表現する場合のような、厳密には実にさまざまな条件を考慮する必要があるでしょう。そのことを

ここで詳述するのは紙面の関係で避けますが、いずれにせよ受容者は物語の経験を具象化する際に、その素材として、より具体的な形で物語世界の全体像を再現表象することが可能な存在論的構築物を想定しなければなりません。それを、物語論の最新キーワードにならって、ストーリーワールドと呼称することにしましたね。ストーリーワールドは認知物語論および可能世界論の知見から生まれた概念であり、物語の事象、人物、背景、テーマなどあらゆる要素を統合した世界を言い表す概念のことでした。ストーリーワールドもまた、ストーリーと同様にやはり物語の全体をあらわす概念ではあるのですが、ストーリーがそうであるような、時系列および因果関係にもとづいた諸事象の抽象的連続体ではなく、私たちが現実世界を認識するのと同様の、あくまで存在論的な実体性をともなった全体像として物語の受容者に認知される「世界」にほかならないのです。

物語更新理論では、ファジーな領域を含んだストーリーの概念の代わりに、ディスコースを解読して抽出された物語の全体像をストーリーワールドの概念でとらえます。ただし、物語世界において生起する事象の全体を時系列もしくは因果関係にもとづいて抽象化したストーリーが、そのはじまりから結末まですべてもれなく受容者の内的イメージとして具象化されるとは考えにくいですね。物語の受容過程においては、再構成されるストーリーは生起する事象のすべてを網羅した完全体ではなく、その全体像を代理表象する「ストー

リーワールド」として、物語の再構成の際に必要に応じて呼び出し可能な形で記憶されると考えるのが妥当です。

ストーリーワールドの概念は、受容／創造のどちらの過程にも重要な役割を果たします。ストーリーが理論的には物語ごとに単一のものとして想定されるのと同様に、ストーリーワールドもまた物語ごとに存在すると仮定されるからです。ただし、ストーリーワールドは同一とみなされる物語群に共有される概念としても機能します。ストーリーが理論上不変で固定的な概念であるのに対して、ストーリーワールドは受容者の反応により変化する可能性があるのです。繰り返しますが、受容者が物語のディスコースから読み取っているのは、ストーリーではなくストーリーワールドです。いっぽう物語創造の過程では、創造者の意識にある何らかのストーリーワールドの痕跡が新たな物語のディスコースを作り出しているのです。

ところが、受容者（あるいは創造者）が仮想的に構築する物語の全体像としてのストーリーワールドもまた、矛盾する言い方をするようですが、つねにその完全体が内的イメージとして私たち物語の受容者が呼び出すものであるとはいえません。というのも、物語の受容者が想起する「世界」といっても、往々にしてむしろ断片的なものとならざるをえないからです。受容者により呼び出されるこのストーリーワールドの断片をメンタル・イメージと呼ぶという提案をすでにしましたね。ストーリーワールドは物語の主要なプロットもしくは

主題的関心を構成するいくつかの場面等を表象するメンタル・イメージとして呼び出されるのです。物語が（再）ディスコース化される際には、記憶から呼び出されたストーリーワールドの概念、ないしはその代理表象機能をもつメンタル・イメージが関与することで、物語更新のプロセスは進行するのです。

物語更新はソース・テクストとなる物語の受容からはじまるわけですが、ここでいう物語の受容とは、すでにふれたように、ディスコースからストーリーを抽出することにほかなりません。このプロセスが物語更新の第1段階であり、理論上はこれがデコードのプロセスに相当するものでしたね。こうしたデコードのプロセスは、その後物語更新の第2段階、すなわちエンコードされる、あるいはされない（新たに物語が創造されるかされないか）の有無にかかわらず、すべての受容者が経験することです。ただし、同一の物語を受容した受容者がみな同一のディスコースからまったく同じひとつのストーリーを抽出するとは限りません。現実的には異なる受容者が差異を含んだデコード作業を行うことが想定されます。たとえば、同じ物語を受容した複数の人物がそのあらすじを記述する場合、物語の諸事象の時系列や因果関係、登場人物の造型、また物語の受容メディアに固有の表現形式などの記憶も影響して異なったものとなる可能性があるということです。

異なる物語の受容者が物語ディスコースをデコード（解

読）して形成するストーリーには、同一性とともに差異が必然的に含まれ、それがひいてはその後のエンコードのプロセス（物語の再創造＝更新）にも影響すると考えられます。したがって、ディスコースを解読した結果、差異を許容しない不変のストーリーが取り出されるという考え方は幻想なのです。

　ストーリーワールドは、物語の受容者が程度の差こそあれ共通して認知可能な物語の存在論的全体像です。そこには、登場人物をはじめとするさまざまな存在物、その他の物語の背景や、物語中で生起する諸事象、さらには想定される物語の世界観や読み取り可能な主題的関心など、あらゆる物語的要素を潜在的にふくんだ物語の総体なのです。もっとも、物語の全体像としてあらかじめディスコースから存在論的に読み取られるストーリーワールドについても、物語のすべての受容者が同一のものとして認知するとは限りません。認知論的には、受容者が異なればストーリーワールドも異なると考えるほうが適切でしょう。ただし、前述のように、物語の受容者／創造者はこのストーリーワールドをつねに総体として認知および記憶から呼び出しているのではありませんでしたね。それは不完全な物語の経験あるいは理解に起因するからということも理由として考えられるでしょう。これと関連して、受容者をめぐるさまざまな条件が異なるために、物語の経験／理解に個体差が生じること、またその影響が記憶されたストーリーワールドの呼び出しにもまたおよぶという理由

によっても説明可能です。

　ですがより重要なポイントは、その全体像の完全な記憶を呼び出すことが困難なストーリーワールドを、人はより還元的な形で、メンタル・イメージとして代理表象的に定着させているということです。メンタル・イメージとは、受容者自身が作り出す物語を代表すると思われる具体的場面なのです。その形成には、受容した物語のメディア的特質が影響すると考えられます。小説なら文字、映画なら映像／音声表現などの記憶もまたメンタル・イメージの主要な構成要素として刻まれるのです。

　物語の記憶は断片的なものです。人はその全体像よりも、より選択的に物語の特定の場面や台詞や人物の様子などをメンタル・イメージとして記憶し、それらをいくつか組み合わせることで、ストーリーワールド全体を把握したことに相当させます。もちろん物語更新をめぐるメンタル・イメージのあり方にはさまざまな条件が想定可能です。それらは大きくわけて４種類に分類可能です。ひとつは、更新元の物語と物語更新作品が同じイメージを共有する場合。この場合、下位区分として、視覚的または言語的イメージを共有する場合と、視覚的イメージを共有しない場合とが考えられます。前者はストーリーとストーリーワールドが同じ、後者はストーリーが同じですが、ストーリーワールドは異なる場合と、ストーリーもストーリーワールドも異なる場合があります。次に、２つ目として同じコンセプトを共有する場合。この場合

もまた、ストーリーもストーリーワールドもともに異なります。3つ目は、同じ物語世界が共有される場合。ここではストーリーは異なるが、ストーリーワールドは共通します。最後に、物語間の断片的つながりによってメンタル・イメージのネットワークのようなものが形成される事例。この場合も、ストーリーもストーリーワールドもともに異なることになります。

　以下では、これらの分類のうち、同一の視覚的および／または言語的イメージが共有されながらも、ストーリーワールドが異なっているために、その相違がストーリーにも影響が及んでいる事例を考察することで、ストーリー、ストーリーワールド、メンタル・イメージの密接な関連を例証する物語更新を観察してみたいと思います。とりあげる事例は、赤塚不二夫（とフジオ・プロ）による連載マンガ作品『おそ松くん』（1962-69年）を原作とするスピンオフ／リメイク・アニメーション『おそ松さん』第1期（2015-16年）です。後者は赤塚不二夫生誕80周年を記念して制作されており、物語的には前者をふまえた作品でもあります。

　そのため本作をメディア変更（マンガからアニメ）された『おそ松くん』の後日談的なアダプテーションであると単純化して考えてしまいがちなのですが、両者の関係性はそれほど単純なものではありません。いやむしろ、厳密に言えば、『おそ松さん』は『おそ松くん』のリメイクではないと考えるほうが適切でしょう。『おそ松くん』のアニメ・アダプテー

ションは過去にも２度作られていますが（1966年、1988年）、それらと比較しても、『おそ松さん』は一線を画しています。中でも、単なる続編とは異なるストーリーワールドをもっており、物語も独自の展開をたどるエピソードが多いことは見逃せません。

　そのようにとらえられる根拠のひとつとしては、すでに述べたように、『おそ松さん』を『おそ松くん』の時系列につながる物語とするにはあまりにストーリーワールドの様相が異なりすぎている点があげられるでしょう。実際、『おそ松くん』には大人になった主人公たちを扱った続編とされる作品と同様に本作もまた、大人になった松野家の６つ子たちのその後を描いていることはたしかです。ですが、それら先行する続編群との物語内容的関連を『おそ松さん』はまったく考慮していません。もちろん、これには作品創作の背景が異なっており、具体的には原作者の赤塚不二夫がすでに故人であり、作品制作にはかかわっていないことも影響しているかもしれません。だからといって、『おそ松さん』の物語的背景が必ずしも『おそ松くん』のそれを前提としていないのですから、この２つの作品のストーリーワールドを別個のものと結論づけるのは正確さを欠いた乱暴な議論に終始するだけでしょう。

　結論を先取りするなら、『おそ松くん』と『おそ松さん』には単に後日談と片づけてしまうだけではすまない重要な物語更新のプロセスが実行されているのです。そのことを典型的

に例証するエピソードがあります。取り上げたいのは、「チビ太の花のいのち」です。以下、赤塚不二夫作連載マンガ『おそ松くん』をソース・テクスト、『おそ松さん』をアニメ・アダプテーションのひとつとして考察を進めていきます。

「チビ太の花のいのち」は物語の受容者に、『おそ松さん』のストーリーワールドの中核をなすメンタル・イメージを提供してくれるようなエピソードではありません。そうではなくて、むしろ主人公であるおそ松たちがほとんど物語にかかわらない、どちらかといえば傍流のマイナー・エピソードと考えたほうが適当でしょう。しかし、いっぽうでこのエピソードは先行するアニメ・アダプテーションにおいてもリメイクされてきた物語のひとつでもあることは見逃せません。どうしてこのようなマイナー・エピソードが繰り返し更新されてきたのでしょうか。

『おそ松くん』は、松野家の６つ子兄弟（おそ松、カラ松、チョロ松、一松、十四松、トド松）を中心に１話完結的な物語が展開します。ですが、連載が進むにつれて、兄弟の誰も登場しない、あるいは登場するとしてもあくまで脇役的な役割しか物語的に果たさないエピソードもふえてきます。「チビ太の花のいのち」の場合もその例外ではなく、ここで主役を演じるのはチビ太とイヤミであり、おそ松をはじめとした６つ子たちはわずか一場面に登場するにすぎません。ここでの６兄弟はあらゆる意味合いで顔見せ程度のかかわりしか果たしておらず、たとえ彼らが不在であったとしても、物語展開

自体に問題は生じることはありません。

　ではここで「チビ太の花のいのち」の物語内容を要約しておきましょう。貧しい生活を送るチビ太は食べる物にも困るありさま。苦労の末ようやく見つけた食べ物も姑息な手段を使うイヤミに横取りされてしまう始末です。そんな救われないチビ太は、ある日ゴミ捨て場でたまたま見つけた1本のバラの木を土管の家へと持ち帰り、やさしい気持ちで水を与え育てます。その夜、バラは美しい少女へと転生し、チビ太の前にその姿を現します。驚くチビ太に、みずから「バラの精」と名のる少女は、「ごおんがえし」と称してかいがいしく世話をはじめます。おいしい食事をつくってもらい幸福感にわれを忘れるチビ太。これを見たイヤミは羨みの気持ちから自分もまた幸運にあずかろうとバラを探し当てます。しかし彼の見つけたバラは醜悪なバラの精へと転生し、イヤミは彼女から散々な目にあわされます。もっとも、チビ太の幸福も長くは続きません。有頂天になったチビ太はうっかりバラへの水やりを忘れてしまいます。やがてバラがしおれると、「バラの精」もまた姿を消し、チビ太は元の孤独な貧乏生活へと戻ってしまうのです。いっぽう、醜悪なバラの精を持ち前の機転で無力化したイヤミもまた変わらぬ貧しい暮らしに戻ります。このように、やや教訓的ではありますが、いってしまえば他愛のないストーリーにすぎない「チビ太の花のいのち」は、主役であるおそ松たちが物語内容にほぼかかわらないエピソードであるいっぽうで、少女マンガのような花の精の描

写と、人生や夢や愛のはかなさを描く独得のペーソスが絡んだ印象的な物語でもあります。

　アニメ『おそ松さん』においても、このエピソードが基本的な物語の流れはそのままに更新されているのは、そういう一種独特の恋愛マンガのような印象深さゆえかもしれません。ただし、理由はそれだけではないのです。実は『おそ松さん』の「チビ太の花のいのち」には屈折的な物語更新が実践されていることを見逃してはなりません。以下では、ソース・テクストであるマンガ『おそ松くん』の「チビ太の花のいのち」と『おそ松さん』の「チビ太の花のいのち」を比較することで、ストーリー、ストーリーワールド、メンタル・イメージの相互関係から成立する物語更新のありようを探ってみたいと思います。

　『おそ松さん』、第15話第3パート「チビ太の花のいのち」（画面上では「チビ太の花の命」と表記）の冒頭は原作マンガとはまったく異なるはじまりかたをしています。大人になり屋台のおでん屋となったチビ太は究極のおでんづくりに苦悩しています。ある日路傍の花（バラではない）に目がとまり、1人きりの境遇を振り返り、共感したチビ太がその花にそっと水をかけてやってから、見知らぬ少女が屋台を訪れるようになります。そして彼女はチビ太にこう言うのです。「やっぱりおでんのことばっかり」、「チビ太さん、わたしとデートしてくれませんか？」見知らぬ少女のあまりに唐突な登場に狼狽を隠せないチビ太は、彼女が美人局か何かではないかと疑

います。おでんが恋人だと吐き捨てるようにいうチビ太に、彼女は「純粋にデートのお誘いです」、「チビ太さんのことが好きだから」とあくまで積極的です。おでんが恋人だというチビ太に対して彼女は、「おでんのことばっかり考えていても、いいおでんはできません」と諭すように告げるのです。そして戸惑うチビ太に、彼女は自分が彼に助けられた「花の精」であると告げます。助けてくれたチビ太にお礼をしたいと考えていたら人間の女の子に転生したらしいのです。チビ太は花の精の気持ちに応える気持ちになります。

　このあたりの展開はたしかに、チビ太が大人になっていること、またそれに付随した物語的状況がアップデートされている点を除けば、基本的には『おそ松くん』の「チビ太の花のいのち」と類似しています。というよりほぼ忠実に再現されているといってもいいくらいです。たしかに異なる点もあります。たとえば、松野家の６兄弟が物語により関与しています。前述のように、『おそ松くん』の「チビ太の花のいのち」には６兄弟はほとんど登場しなかったのに比べ、『おそ松さん』では、彼らはチビ太のおでん屋台の常連客になっています（どうも代金を踏み倒しているらしいですが）。したがって、チビ太のおでんの味にケチをつけるのも彼らなのです。また、『おそ松くん』でイヤミが担っていた役割が、『おそ松さん』ではカラ松に変更されていることも顕著な相違点です。ただこれらの変更は、単にカラ松をはじめとする松野家６兄弟を登場させ、彼らにドタバタ劇を演じさせることで、『おそ

松さん』全体のストーリーワールドに整合性をもたせる程度の貢献しかしていないともいえます。より正確にいうなら、少なくともこのエピソードに関する限り、松野家6兄弟は、「チビ太の花のいのち」に『おそ松くん』で描かれた同タイトルのエピソードの単純な焼き直し部分以外に、新たに付け加わった出来事を基本的な物語展開になじませるために登場するにすぎないのです。

このように考えるなら、そもそも「チビ太の花のいのち」は本来『おそ松さん』のストーリーワールドとはなじまないものであったにもかかわらず、何らかの事情でこのストーリーワールドに加える必然性があったと推測されます。ではその事情とは何でしょうか。それは物語更新のプロセスにおける、ストーリー、ストーリーワールド、そしてメンタル・イメージの形成をめぐる相互作用の問題とかかわりがあります。端的にいうなら、おそらくそれは作品全体を貫くシュールで不条理なストーリーワールドに、数話に一度の割合で感動回を埋め込む、ある種のいたずらと考えるのが適当でしょう。それはもちろん『おそ松さん』に限った話ではありません。ですがそれだけでしょうか。

この点を考えるために、もう少しだけ、マンガ『おそ松くん』の「チビ太の花のいのち」とアニメ『おそ松さん』の同名エピソードとの違いを探ってみましょう。『おそ松くん』では、ほぼ食事を用意してくれるという役割を果たすだけだった（昭和の専業主婦のイメージでしょうか？）「バラの精」と

は異なり、『おそ松さん』の「花の精」は、究極のおでんづくりに苦悩し、鬱屈したチビ太の疲弊した精神を愛の力で解き放とうとするかのように彼をデートに誘います。2人はまるで恋人どうしのように観覧車に乗り、レストランで食事し、スクーターに二人乗りして海へと向かいます。だが幸福に満ちた瞬間は長く続くものではありませんでした。可憐な花の精の命はやはり尽きかけていたのです。ここからの一連の流れは、このエピソードが『おそ松さん』の一部であることを忘れてしまうようなものです。浜辺でチビ太に抱かれ、いまにも命尽きようとする花の精は、薄れゆく意識のなかでこう話します。「この命はチビ太さんにもらったものだから」、「これからもおいしいおでんを作ってね。そして、わたしを助けたみたいに、みんなを幸せにしてあげて」、「私のことも思い出してね」。そう告げて、花の精は消滅してしまいます。悲しい恋を経験したチビ太は、まるで夢からさめたかのように、おでん屋台を再開するのでした。それは花の精への思いをその涙に託し、（涙のしょっぱさが加味された？）おでん作りに地道に精進することを決意の表れでしょうか。以前と少しも変わらない日々の繰り返しが待っているとしても。

　『おそ松さん』の「チビ太の花のいのち」は、ソース・テクスト『おそ松くん』の同名エピソードより確実に深みと奥行きをもった物語に仕上がっています。それはまったく新しいストーリーワールドを作るのではなく、既存のものに新たな参照枠を追加（または削除）することで成立する物語更新の

ありようを示している点で例証的な事例であるといえます。なるほど、『おそ松くん』と『おそ松さん』は、たがいに別々のストーリーワールドをもつ作品です。作品ごとに自律した物語世界を規定することが存在論的なストーリーワールドの定義であるとするなら、双方のストーリーワールドには何ら接点はないはずで、これ以上付け加えて述べることは何もないことになります。ですが果たしてそうでしょうか。それならいったいなぜ同名のエピソードが細かい設定や展開の相違を別にすると、基本的には同様の物語展開でリメイクされなければならないのでしょうか。続編や前日譚など時系列もしくは因果関係的に一方が他方に対して前後する関係性を帯びていることが明確なら、作品を超えて単一のストーリーワールドを想定することは可能です。そういう意味では、『おそ松さん』はやはり『おそ松くん』のその後の物語といえなくもないでしょう。前述したとおり、以前にもマンガやアニメ媒体で『おそ松くん』のその後を描いた作品が創作されているわけですから、『おそ松さん』もそれに続くもうひとつの物語であることはたしかです。だからといって、それを根拠として、両作品が同一のストーリーワールドを共有しているということにはならないのです。『おそ松くん』と『おそ松さん』のストーリーワールドがはっきりと異なるものと認識される理由は、後者が前者を時系列的過去とする根拠が希薄もしくは欠如しているからです。もちろん、物語のトーンや登場人物たちが時を経て成人してもなお、かつての姿を想起させる

形でリメイクされている点を無視することはできません。ではなぜ作品タイトルや登場人物の類似性にソース・テクストとアダプテーションの関係が示唆されているにもかかわらず、『おそ松さん』が単純なリメイクとは考えられないのでしょうか。両作品のストーリーワールドを重ね合わせる必然性が、この場合の物語更新的関係には見出しにくいのはなぜなのでしょうか。

　ストーリーワールドが異なるものと認識されるにもかかわらず、どうして同一のエピソードが形を変えつつも再現されるのか、この疑問に対する答えは、ひとことで言えば、次のようなことでしょう。つまり、更新されたエピソードには、何らかの形でソース・テクストとしてのエピソードが参照されることが要請されているのです。そのような参照項目とは、『おそ松くん』のストーリーワールドに刻まれた逆説的な2つの要素の共存に求められます。そのひとつは、『おそ松くん』の持ち味である不条理でスラップスティック的な物語展開に彩られたシュールなギャグと屈折した笑いのセンスです。これは、現代的アップデート作品である『おそ松さん』においても継承されています。ですが、『おそ松くん』／『おそ松さん』のおもしろさはそこにとどまるものではありません。もうひとつ重要なポイントは、ドタバタ喜劇的なギャグだけではなく、どこかナイーブでセンチメンタル、そして厳しい現実の中で一服の清涼剤のような郷愁感を与えてくれる文学的なペーソスにあるのではないでしょうか。「チビ太の花の

いのち」が表象しているのはまさにこのような赤塚不二夫の根源的な物語意識なのです。

　「チビ太の花のいのち」は、『おそ松くん』のマイナー・エピソードから出発して、ついに『おそ松さん』においては、新たなストーリーワールドの構築に一役買ったのです。それだけでなく、『おそ松くん』のストーリーワールドとの積極的な接続（屈折したものではいるが）を果たすことで、赤塚不二夫原作の『おそ松くん』というタイトルによって集約可能なストーリー全体が共有する重要な参照項目ともなったのです。『おそ松さん』の制作スタッフが、原作『おそ松くん』に投影された赤塚の独創的な物語意識を何らかの形でメンタル・イメージに刻み付け共有していたのかもしれません。そうでなければ、『おそ松さん』において、本来マイナー・エピソードに過ぎなかった「チビ太の花のいのち」がリメイクされることもなかったのではないでしょうか。それほどこのエピソードがストーリーワールドを左右する訴求力は高いと考えていいのです。

　今後『おそ松くん』をソース・テクストとするあらゆるアダプテーションは、それが公式のものであれ、非公式な二次創作的なものであれ、物語更新の際に新たなストーリーワールド構築のために参照される項目のひとつとして、「チビ太の花のいのち」が何らかの形で利用されることもあるでしょう。それはすなわち、「チビ太の花のいのち」が『おそ松くん』／『おそ松さん』が共有するストーリーワールドを記憶する

ために物語の受容者によって想起されるメンタル・イメージのひとつとなったことを意味します。作り直されていく物語とは、関連するさまざまな要素の集合体です。それは物語中の場面や主題的関心、概念や名称のような参照項目ごとに集積されるマトリクスのようなものであると仮定されます。ソース・テクストを元に、それらの項目どうしは作品を超えてつながりあっているのです。『おそ松さん』の受容者は、個人の体験として、たとえばそのサブタイトルを参照項目の手がかりにして、ソース・テクストを知っています。また、『おそ松さん』の制作スタッフは、『おそ松くん』の物語のマトリクスから、アップデートされた「チビ太の花のいのち」のストーリーワールドを引き出し、それを新たなストーリーワールドに再構成し、現代版アニメとしてエンコードしたと考えられます。「チビ太の花のいのち」が更新されつつリメイクされたのは、このようなマトリクスの存在が作用したためとするのが適当です。いずれにせよ、『おそ松さん』は、舞台アダプテーションが製作され、また３ＤＳゲームもリリースされ、アニメシリーズも第２期が放送されました。その物語更新をめぐるこれからの展開には今後も注目しておきたいと思います。

13. カヴァー曲とストーリーワールドの継承／共有 ──『ワイキキの結婚』から『ブルー・ハワイ』へ

　以下で考えてみたいのは、物語更新にかかわる理論的プロセスモデルの提示と、それにもとづいた応用的分析の試みです。物語更新とは、物語がメディアやジャンルの変更のあるなしにかかわらず、同一であると認識可能な別の物語へと作り直される文化的現象を指します。もっとも、物語の作り直しという観点に限るなら、原作（更新元＝ソース・テクスト）とされる作品とその派生作品（更新された物語）との関係は、従来のアダプテーション（翻案）理論でも説明可能であると主張する向きもあるでしょう。しかし、原作とアダプテーションとの関係性は、アダプテーション理論には収まりきれない多様性をはらんでいます。そもそも原作とアダプテーションはつねに一対一の関係にあるとは限りません。たとえば、ひとつの原作が複数のアダプテーション作品へと派生することもあれば、複数の物語が原作となりひとつのアダプテーション作品へと集約される場合もあります。アダプテーション理論は、翻案元と翻案作品との固定的関係性ではとらえきれない物語更新の現象を十分には説明できないのです。

　物語更新理論は、アダプテーション作品はもちろん、それ以外にも、原作とされる物語と何らかの関係性をもつ別の物語との間に生じる、前者の物語言説の解読（デコード）にはじまり後者の新たな物語言説の創作（エンコード）にいたる

一連の更新プロセスに着目し、更新に際して重要な役割を果たすストーリーワールド（＝物語が喚起する世界）が転位するその様態の解明をめざします。物語の受容から創造にいたる過程には、ストーリーワールドの継承と共有がかかわるのです。原作と公式のアダプテーションの場合であれば、このようなストーリーワールドの継承と共有を比較的容易に観察することができます。ですが、たがいにアダプテーション関係にない作品間においても物語更新の成立する場合もあるのです。

　そこでここでは、アダプテーション関係をともなわない物語更新を考察するための具体的事例として２つの映像作品に注目します。ともにハワイを物語の舞台とするアメリカ映画『ワイキキの結婚』(1937 年) と『ブルー・ハワイ』(1961 年)。直接的には何ら関係のない両作品を、ルイス・I・レイズにならって、たとえば「南太平洋映画」(South Seas Cinema)、あるいは「パシ・フリック」(Paci-flicks) に分類することは可能です。この２作品に限らず、数多くの作品が分類可能な「南太平洋映画」の系譜についてここで触れる余地はありませんが、問題はジャンル的分類のあり方にあるのではありません。『ワイキキの結婚』と『ブルー・ハワイ』には、原作とその派生作品を対象とするアダプテーション理論ではとらえきれない関係があるのです。というのも、『ブルー・ハワイ』において主演のエルヴィス・プレスリーが歌唱する同名の主題歌「ブルー・ハワイ」はカヴァー曲であり、原曲は『ワイキキの

結婚』で主演のビング・クロスビーが歌う劇中歌だからです。つまり、この２つの映像作品は「ブルー・ハワイ」という同一の楽曲を共有しており、そこから、『ブルー・ハワイ』が『ワイキキの結婚』に対する特別な物語更新的関係性を前提として創造されたのではないかという仮説が導き出されます。以下では、たがいにアダプテーション関係にない物語に更新が同定可能な具体的事例として『ワイキキの結婚』と『ブルー・ハワイ』を取り上げ、これら２作品をつなぐカヴァー曲「ブルー・ハワイ」の物語的機能に焦点を当てながら、同一楽曲の継承から生まれるインターテクスチュアルな関係性を、ストーリーワールドの継承／共有をともなう物語更新の過程に着目しつつ考察してみたいと思います。

　物語の記憶が断片的にならざるをえないことはすでに述べましたが、だからこそ人はその全体像よりも、より選択的に物語の特定の場面や台詞や人物の容姿などをメンタル・イメージとして記憶し、それら断片的イメージを単独もしくはいくつか組み合わせることで、ストーリーワールド全体を把握したことに相当させるのです。もちろん、物語更新をめぐるメンタル・イメージのあり方を検討するにはさまざまな条件設定が必要となりますが、いずれにせよ物語の作り変えのプロセスを確認しやすいのはアダプテーション作品の場合であることはいうまでもありません。それはもちろん、翻案者（＝原作の受容者／アダプテーションの創作者）がソース・テクストを受容することでストーリーワールドを構築する経

験がまずあり、その後実際のアダプテーション作品製作の際に、メンタル・イメージを呼び出し、それをもとに具体的創作が行われるという一連の物語更新の流れを想定しやすいからです。しかし、この章の冒頭でも述べたように、物語更新は明白なアダプテーション関係にある物語にだけ起こるわけではありません。では、『ワイキキの結婚』と『ブルー・ハワイ』というアダプテーション理論ではとらえきれない物語間での更新関係について考察を深めてみましょう。

　まずは作品の紹介からはじめます。『ワイキキの結婚』は1937年に公開された米国パラマウント・ピクチャーズ製作によるミュージカル風の映画です（フランク・タトル監督、ビング・クロスビー、シャーリー・ロス主演）。物語内容はハワイを舞台とした他愛のない恋愛コメディです。トニー・マーヴィン（＝クロスビー）はハワイのパイナップル缶詰会社の宣伝部員。同僚のシャド・バグルを相棒に釣り三昧の怠惰な生活を送っています。いっぽうトニー発案のコンテストに優勝してハワイ旅行をプレゼントされたジョージア・スミス（＝ロス）はすでに旅に飽きていました。トニーは社長から彼女に旅を続けさせるよう説得を命じられますがうまくいきません。ところがジョージアと秘書マートルが見知らぬ人物に首飾りを渡されたことをきっかけに、原住民に追われることとなり、トニーとシャドもこれに巻き込まれて、ついには離島へと連れ去られてしまいます。首飾りの黒真珠を返さなければ、神の怒りを受けるというのです。トニーの機転で

監視を逃れ、4人はハワイへ戻るのですが、トニーはジョージアを、シャドはマートルを愛するようになります。しかし一連の出来事がすべてジョージア引き止めのためトニーが仕掛けたトリックとわかり怒るジョージアは、伯父と許婚が迎えに来るのを待ち、帰国すると宣言します。果たして出帆間際にトニーの母を名乗る年配の女性がジョージアの前に現れ、翻意されたジョージアは下船します。それもまたトニーのトリックだったのですが、もはや彼を怒る気にはなれません。こうしてトニーとジョージア、シャドとマートル、2組のカップルはめでたく結ばれるのでした。

　さて、物語更新を考える際に重要なのは、上にまとめた時系列的なストーリーではなく、その受容過程で構築されるストーリーワールドと、そこから抽出されるメンタル・イメージです。すでに述べたように、受容者が物語の時系列的事象のリストをすべて記憶しているとは考えられません。『ワイキキの結婚』に限らず、物語の理解とは、時系列的事象のリストからストーリーワールドを形作り、それをメンタル・イメージに集約して記憶にとどめることに等しいのです。ミュージカル風映画であるこの作品の場合、メンタル・イメージの重要な一部分を形成するのは、劇中使用される楽曲とそれに関連する物語中の出来事や存在物、およびそれらが織りなす具体的場面となるのが自然です。その曲が「ブルー・ハワイ」およびその歌唱場面であることは見逃せません。この曲は、今ではもっとも知られたハワイアン・ミュージック

のスタンダード曲のひとつとしての地位を獲得しています
が、この映画で使用される楽曲といえば、クロスビー初のミ
リオンセラー・ヒットとなり、アカデミー歌曲賞にも輝いた
「スウィート・レイラニ」（作者はハリー・オーウェンズ）の
方が知られているかもしれません。なるほど、この作品では、
「ブルー・ハワイ」はその陰に隠れる形になってはいますが、
それでも映画のオープニング・クレジットだけでなく、物語
の主要なシークエンスにも使用されています。実際、主演の
クロスビーが劇中この曲を歌唱する場面もあり、物語前半
のハイライトにもなる主要場面のひとつであることからも、
「ブルー・ハワイ」の物語的重要性は大きいといえます。

　『ワイキキの結婚』において「ブルー・ハワイ」が最初に使
用されるのは、オープニング・クレジットのインストゥルメ
ンタルとしてですが、その後クロスビーが「ブルー・ハワイ」
を歌唱する場面は２回あります。ひとつは社長の命を受けた
トニーが、ジョージアの宿泊先を訪ね、歌で誘惑を試みる場
面、もうひとつはあらすじにもあげましたが、島を脱出した
トニーとジョージアが船上でこの歌をデュエットする場面で
す。詳細は後述しますが、より重要なのは後者の場面です。

　「ブルー・ハワイ」が、『ワイキキの結婚』の主要なメンタ
ル・イメージを形成するのは、この曲がオープニング・テー
マを彩る主旋律として印象的に用いられるからというだけで
はなく、すでに存在する曲として設定されているからにほか
なりません。その証拠に、劇中でもこの曲は「ブルー・ハワ

イ」というタイトルで言及されています。このことは、トニーとジョージアが急接近する船上場面での2人のやり取りから確認することができます。この曲のメロディを何気なく口ずさむトニーに、ジョージアは何の曲のかたずねます。これに答えてトニーはハワイの人なら誰でも知っているいい曲だといいます。おそらくこの曲はハワイ生まれ、もしくは少なくともそれに準じる位置づけのなじみの曲なのでしょう。「ブルー・ハワイ」は『ワイキキの結婚』の世界では、ハワイを代表する曲としてすでに人々に認知されているのです。この後、2人は「ブルー・ハワイ」をデュエットします。月明かりの降り注ぐ船上でのトニーとジョージアが歌う姿は、「ブルー・ハワイ」に歌われるロマンティックな南海の楽園で恋の夢をかなえようとする若き男女の理想的姿と重なり、物語全体を統御する重要なメンタル・イメージとなるのです。『ワイキキの結婚』のストーリーワールドは、この2人を中心に形成され、物語世界を集約的に具現化するような「ブルー・ハワイ」のイメージとあいまって、『ワイキキの結婚』の物語全体を代表するインパクトを受容者に残すのです。

ここで「ブルー・ハワイ」についての基本情報を確認しておきましょう。『ハワイアン・ミュージックとミュージシャン』(改訂アップデート版2012)によれば、1930年代にハリウッドのパラマウント・ピクチャーズの専属作家レオ・ロビンとラルフ・レインガーにより共作されたこの曲は、こうした創作経緯を確認するまでもなく、伝統的なハワイアンでは

ありません。ハワイ生まれでない欧米人の創作したハワイアン風のこの歌は、ハパ・ハオレ・ソング（hapa haole songs）、字義どおりにはハワイ語で「半分白人の歌」、に分類されます。なるほど、「ブルー・ハワイ」はハパ・ハオレのひとつにはちがいありませんが、ハワイアンの伝統に影響を受けた曲ではないのです。たとえばこの曲は、ネブラスカ生まれだがハワイ在住の経験があり、ロイヤル・ハワイアン・ホテルの音楽ディレクターを務めた前述のオーウェンズの「スウィート・レイラニ」と比べて試聴してみると、メロディの面でも、またサウンドの面でもそのハワイ色は薄いのがわかります。だがそれでも「ブルー・ハワイ」がハワイをイメージさせるとすれば、ウクレレやスティール・ギターなどの楽器を前面に出したメロディやサウンドが醸し出すそれらしさもたしかにありますが、より重要な要因はその歌詞内容にあるのではないでしょうか。それでは「ブルー・ハワイ」の歌詞を、原詞と日本語訳の両方で引用してみましょう。

Night and you and Blue Hawaii
The night is heavenly and you are heaven to me
Lovely you and Blue Hawaii
With all this loveliness there should be love

Come with me while the moon is on the sea

The night is young and so are we, so are we
Dreams come true in Blue Hawaii
And mine could all come true this magic night
of nights with you

夜と君、そして青きハワイ
夢のような夜、そして君も素晴らしい
麗しき君、そして青きハワイ
この美しさに、恋するのもあたりまえ

さあおいで、海に月があるうちに
夜はまだ早い、そして僕らもまだ若い
夢はかなう、青きハワイでは
僕の夢もかなうだろう、君と2人、この夢のような夜に

　「ハワイ」という単語がここに使われていなければ、この曲に歌われる場所の特定は困難です。ですがこのシンプルな歌詞のシークエンスの中にあえて「青きハワイ」を当てはめることで、月明かりに照らされた幻想的な青い海が喚起するハワイのイメージが定着するともいえます。白黒映画であるにもかかわらず、「青きハワイ」は明確にこの映画のメンタル・イメージを鮮烈に彩っているのです。
　ところで、ハパ・ハオレの歌詞を、前掲『ハワイアン・ミュー

ジックとミュージシャン』は、次のような定義を与えています。「歌詞は口語体の英語で、ハワイ語もしくはピジン英語がいくらか混じる場合もあります。主題もまた、直接もしくは間接的に、ハワイに言及し、通例は恋愛に関する、恋愛に郷愁を抱く、もしくはユーモラスなものとなる」、とジョージ・カナヘレも主張しています。ちなみにカナヘレは、「ブルー・ハワイ」の項目では、やはりこの曲が「史上もっとも人気のあるハパ・ハオレ・ソングのひとつ」であると位置づけています。さらにはこの曲が、『ワイキキの結婚』と『ブルー・ハワイ』の両方で挿入歌に使用されていること、また両作品が「この歌のコーラス、『夢はかなう、青きハワイでは』に要約されるロマンティックなメッセージを伝えて」いるという記述もあります。こうした「ロマンティックなメッセージ」が、『ワイキキの結婚』の主要なメンタル・イメージを形作っており、それが映画『ブルー・ハワイ』に継承され、ロマンティックなストーリーワールドを喚起する原動力になっていると考えることができるでしょう。

　さてここから問題にしたいのは、『ブルー・ハワイ』の製作に際して、この曲がメンタル・イメージとして与えた影響です。ですがその前に、『ブルー・ハワイ』のあらすじをまとめておきましょう。2年間の兵役を終えて帰国したチャド・ゲイツ（＝プレスリー）。彼にパイナップル商の家業を継ぎ、良家の娘と結婚してほしいと望む母親サラの願いを聞き入れないチャドは、ガールフレンドでハワイとフランスの混血娘マ

イリー・デュヴァルの祖母の誕生パーティで心癒やされます。マイリーの勧める観光会社に就職したチャドは、最初の仕事で美しい女教師アビゲール・プレンティスと女学生４人の旅行ガイドをつとめることになります。生徒の１人でわがまま娘のエリー・コルベットが起こした騒動にチャドは巻き込まれ、留置場に入れられてしまいます。会社も解雇されたチャドは、両親にマイリーとの交際をやめるよう言われます。反発して家を出たチャドは、あらためてアビゲールに雇われ、一行はカウアイ島を訪ねるのですが、チャドを追ってマイリーも到着します。チャドが振り向いてくれないことに失望したエリーは、ジープを暴走させますが、チャドに救われます。翌日、すべての誤解はとけ、無事ガイドの仕事も終えたチャドは両親と再会し、観光会社の設立を承諾させ、またマイリーとの結婚も許されます。

　こうした物語内容の概要を見る限り、恋愛コメディ映画である点を除けば、『ワイキキの結婚』を連想させる出来事はひとつもありません。もちろん『ブルー・ハワイ』は『ワイキキの結婚』を原作とするアダプテーションと表明されていない以上、これも当然のことでしょう。しかし、『ブルー・ハワイ』を観た受容者が、同名主題歌がクロスビーのカヴァーであることをひとたび知れば、『ワイキキの結婚』との何らかのつながりを意識することなしに、『ブルー・ハワイ』を観ることはできないでしょう。同一の楽曲をつうじたメンタル・イメージの継承を意識せざるをえないからです。

すでに述べたように、『ワイキキの結婚』を受容することで形作られるストーリーワールドは「ブルー・ハワイ」の歌詞が言い表す世界観に集約されます。もちろん、「ブルー・ハワイ」は『ワイキキの結婚』の物語内容の全体像であるストーリーワールドそのものを表現しているわけではありません。しかしいっぽうで、「ブルー・ハワイ」の歌詞が物語の受容者に抱かせる印象は、あたかもそれが物語の全体像であるような錯覚を与えるほど大きいのです。『ワイキキの結婚』の物語受容についていえば、「ブルー・ハワイ」はこの映画のストーリーワールドから抽出されたというより、ストーリーワールドを定着させるために、言い換えれば、その歌詞の世界観が物語世界に内在するように、その設定をあらかじめ外付けされたメンタル・イメージと考えることができるでしょう。「ブルー・ハワイ」が、前述の船上でのデュエット・シーンで明らかにされたように、『ワイキキの結婚』のストーリーワールドに内包された曲として設定されているのはそのためだといえます。もしクロスビーによる「ブルー・ハワイ」の歌唱が、マーサをジョージアと勘違いしてしまうというかなりコミカルに演出されたシーンだけであったなら、おそらくストーリーワールドを集約するメンタル・イメージとはならなかったでしょう。ですが、トニーとジョージアが、まさにこの曲の伝える世界観を象徴するような洋上の場面が入念に描き込まれることによって、「ブルー・ハワイ」の歌詞内容は『ワイキキの結婚』の単なる挿入歌のひとつとして物語表現面の記

憶に残るだけでなく、物語の「世界」に包摂され、受容者によるストーリーワールドの定位に貢献しているのです。

このように、作品のストーリーワールドを決定づけるような影響力を「ブルー・ハワイ」という楽曲が発揮しているとすれば、プレスリー主演の映画が『ブルー・ハワイ』として製作されることが決定したときに、カヴァー曲として主題歌になるだけでなく、とりわけその歌詞内容が、今度はプレスリーの歌声にのることで、あらためてこの作品のストーリーワールドを定位するメンタル・イメージとして機能することが期待されたとしても不思議ではないでしょう。クロスビーの「ブルー・ハワイ」の記憶が、プレスリーの「ブルー・ハワイ」へと継承されるというわけです。そこには『ブルー・ハワイ』の製作者側のある思惑が作用しています。そのことについて、ここでは『エルヴィス・エンサイクロペディア』に掲載されている楽曲「ブルー・ハワイ」の項目を参照してみましょう。プレスリーをマネジメントしたトム・パーカー、通称パーカー大佐は、軍を除隊したプレスリーの復帰と新たなイメージ作りをもくろみ企画された映画の製作にあたって、一流シンガー兼銀幕のスターのモデルとしてクロスビーの存在を意識していたということがわかっています。この映画がハワイを舞台とすることに決定したことで、プレスリーをクロスビーになぞらえるというイメージ化戦略はさらに推し進められ、結果として必然的に『ワイキキの結婚』の物語更新が具体化していったことはまちがいありません。ちなみに、同じ

く『エルヴィス・エンサイクロペディア』によると、『ブルー・ハワイ』の監督ノーマン・タウログは、1930年代を中心にクロスビーが主演したいくつかの作品のメガホンをとった実績があります。

　さらにもう少し『ブルー・ハワイ』の製作をめぐる経緯をたどってみましょう。『ブルー・ハワイ』の製作が正式に告知されたのは1960年の秋のことで、当初は『ハワイ・ビーチ・ボーイ』（*Hawaii Beach Boy*）というタイトルになる予定でした。ハル・カンターによる脚本は、アラン・ウェイスのオリジナル・ストーリー、「ビーチ・ボーイ」を元に創作されたものであったようです。作品のタイトルが『ブルー・ハワイ』へと変更されたのは1961年1月のことであり、この変更は、同時期に製作された他作品とタイトルが類似していることが指摘されたために行われたとされています。ちなみに、プレスリーが「ブルー・ハワイ」のレコーディングに臨んだのは1961年3月22日。彼がパラマウントのスタジオに姿を見せたのはその2日前の3月20日、ハワイでの3週間にわたるロケーションはこの1週間後からはじまったと記録されています。したがって、3月17日に開始されていた映画の撮影は、「ブルー・ハワイ」およびその他サウンドトラックに選ばれた曲のレコーディングを終えた後に本格化したことがわかります。「ブルー・ハワイ」がカヴァー曲に決定した正確な時期は明らかではありませんが、それが作品のタイトル変更に先行していたとしても、あるいはタイトル変更がカヴァー曲

採用のきっかけになったとしても、この映画は、作品タイトルもそのままに、最初から「ブルー・ハワイ」の世界観が物語のストーリーワールドの中心的メンタル・イメージになるよう規定されていたのです。

　このような作品製作に関係する経緯を並べてみると、『ワイキキの結婚』から『ブルー・ハワイ』にいたる物語更新のプロセスをたどるのはたやすいことがわかります。もっとも、そういった必然的つながりには偶然の要素が含まれていたのかもしれません。ですが、たとえそうした偶然が重なった結果でしかなかったとしても、パーカー大佐、タウログ監督、そしてプロデューサーのハル・ウォリスをはじめとする『ブルー・ハワイ』の製作スタッフにとって、同名主題歌となった「ブルー・ハワイ」が『ワイキキの結婚』のストーリーワールドに相当する存在として、物語形成に大きな影響力をもつにいたったことはまちがいないでしょう。「ブルー・ハワイ」の歌詞は『ワイキキの結婚』にも、また『ブルー・ハワイ』にも当てはまるストーリーワールドをひとつのメンタル・イメージに定着させる新たな「パシ・フリック」の典型を生み出したのです。

　「ブルー・ハワイ」は『ワイキキの結婚』のストーリーワールドを定着させる役割を担う挿入歌から、プレスリーのカヴァーにより、同名映画の主題歌として新たな物語のエンコード元となるメンタル・イメージとなったのです。『ワイキキの結婚』と『ブルー・ハワイ』の間には、どちらもハワイ

を物語の舞台とするミュージカル仕立ての恋愛コメディ映画であるという点を除けば、直接的な関係性はありません。それにもかかわらず、両作品の関係はメンタル・イメージの継承がカヴァー曲の使用で実現したことで生まれたのです。「ブルー・ハワイ」の歌詞は、両作品を包摂する重要なメンタル・イメージとして、2つの異なるストーリーワールドを融合させる役割を果たしたといえるでしょう。

　それにしても疑問がひとつ残ります。もしカヴァー曲「ブルー・ハワイ」が『ワイキキの結婚』と『ブルー・ハワイ』のストーリーワールドを結びつけるメンタル・イメージとして機能しているのなら、またこの曲が『ブルー・ハワイ』の制作者たちの共有するストーリーワールドを具現化したイメージの源泉にほかならないのなら、この曲をプレスリーが劇中で歌うことがなかったのはどうしても不可解です。クロスビーが「ブルー・ハワイ」を歌ったのなら、プレスリーがこの曲を歌う姿を見せても不思議ではなかったのではないでしょうか。

　しかし、これもまた物語更新のプロセスにともなう必然のひとつだったのです。すでに述べましたが、メンタル・イメージとしての「ブルー・ハワイ」は、その歌詞が喚起するストーリーワールドとともに、これを歌唱するビング・クロスビーの姿および歌声もその記憶の中に内包しています。プレスリーが劇中この曲をカヴァーすることは、歌い手のイメージもそのままに継承することを意味します。しかし、楽曲とし

ての「ブルー・ハワイ」は単なるカヴァー曲にとどまらず、ある重要な物語更新の鍵として機能すべく、主題歌に採用されたことを見逃してはなりません。ひと言でいうなら、それはアダプテーションではない物語更新を成立させる必要条件だったのです。なるほど、映画『ブルー・ハワイ』は、カヴァー曲を主題歌として使用することを別にすると、ハッチオンが定義づけたように、「認識可能な別作品の承認された置換」ではないのですから、『ワイキキの結婚』のリメイクではありません。アダプテーションではない以上、『ワイキキの結婚』でクロスビーが演じたような歌唱場面が過剰に連想されるように演出することは適切ではないのです。これはたとえば盗作を疑われるリスクを回避するためかもしれませんが、より重要なのは、自由な物語創作を可能にするためであると考えることができます。そのために必要とされるのはただ1点、「ブルー・ハワイ」がメンタル・イメージとして機能するため物語に内在し、そのことのみを拠り所として物語更新が実行されることです。あくまで『ブルー・ハワイ』は過去の作品の焼き直しではなく、オリジナルな映画として世に出なければならないのです。たとえ「ブルー・ハワイ」が『ワイキキの結婚』と『ブルー・ハワイ』を結びつけるとしても、プレスリーはクロスビーになってはいけません。『ブルー・ハワイ』はまったく新しいプレスリーのイメージを確立するべく製作されたのですから、彼は「ブルー・ハワイ」を歌いますが、少なくともこの曲を歌う姿を映像としては見せないのです。

「ブルー・ハワイ」は『ワイキキの結婚』と『ブルー・ハワイ』両作品のメンタル・イメージの中核にほかなりません。しかし、アダプテーションではない事実をあえて前景化するかのように、『ブルー・ハワイ』では、この曲が物語の受容者に『ワイキキの結婚』から転用されたカヴァー曲であることが過剰に認知されることを避けるよう物語的工夫を施されています。具体的には、可能な限り映画本編とはかかわらない形で、しかしながら物語にはあくまで内在するように、「ブルー・ハワイ」の喚起するメンタル・イメージをエンコードしています。その結果、「ブルー・ハワイ」の物語的痕跡は、更新元とは大きくかけ離れた形で表現されることとなったのです。『ワイキキの結婚』では印象的な場面として劇中でも使用された「ブルー・ハワイ」は、映画『ブルー・ハワイ』においては、オープニング・クレジットにおいてプレスリー歌唱の音源が使用される以外、インストゥルメンタルとして劇中でBGMに組み込まれるにとどまっています。とはいえ見逃してはならないのは、物語的にはストーリーワールドを形成しないにもかかわらず、それでもなお物語全編にわたり遍在的にその影響力を行使しているということです。「ブルー・ハワイ」はあたかも物語を外側から囲い込むような形で、その世界観を『ブルー・ハワイ』のストーリーワールドに定着させる役割を果たしているのです。メンタル・イメージとしての「ブルー・ハワイ」は、物語に顕在するのではなく、内在するよう仕組まれているといってもいいでしょう。『ワイキキの結

婚』において、この曲が物語世界になじみの曲として設定されたのとは対照的に、『ブルー・ハワイ』においては、物語世界内に配置しないことで、逆にストーリーワールドにその痕跡を残したのです。歌詞内容が物語全体にいきわたることをもくろみ、プレスリーが歌う場面は他の楽曲にまかせて、あえて「ブルー・ハワイ」の歌唱場面については映像として表現しなかったのはまさにこのためだったと考えられます。

　「ブルー・ハワイ」は、『ワイキキの結婚』と『ブルー・ハワイ』のストーリーワールドを接続し包摂する媒介となったのです。そうした物語的媒介が作用するからこそ、『ブルー・ハワイ』は、ハワイやその他の南太平洋諸地域を舞台とした物語の総称的アイコンになったといえるかもしれません。『ブルー・ハワイ』は「パシ・フリック」として分類可能な物語群の実現されたひとつの典型例として、そこから形成され、さらにそれと同一とみなしうる物語を生み出していく、いわば物語のマトリクスに加わったのです。もういちど確認しておくと、マトリクスとは、複数の物語作品とそれらを取り巻くさまざまなコンテクストをソース・テクストとして包含しながら、任意の作品が参照可能な物語的要素の集合体を意味します。そこには物語中の事象や主題的関心、表現技法にいたるまでさまざまな参照項目が含まれます。『ワイキキの結婚』と『ブルー・ハワイ』の関係性は、劇中歌がその作品のストーリーワールドを代理表象するメンタル・イメージとなり、それがカヴァー曲として使用されることで、ストーリーワール

ドの継承と共有が行われ、同一物語のマトリクスへの帰属が承認される物語更新の典型例として説明可能なのです。

　この章の主要な論点は、アダプテーション理論において前提とされる「パリンプセスト的インターテクスチュアリティ」が、メンタル・イメージの転移によっては担保されない、言い換えればストーリーワールドの継承／共有が行われないように見える物語間での更新関係が成立可能かという問題の検討にありました。具体例として取り上げた『ワイキキの結婚』と『ブルー・ハワイ』は、劇中歌およびそのタイトル以外に更新関係を見出すことのできない２本の映像作品でしたが、カヴァー曲によるストーリーワールドの継承／共有を確認することで、両者が作品の枠を越えて想定される、仮に〈ブルー・ハワイ〉と命名可能な物語のマトリクスを形成していることが解明されました。

　「ブルー・ハワイ」という楽曲は、それ自体ひとつのストーリーワールドを喚起し、それがゆるやかな形で『ワイキキの結婚』や『ブルー・ハワイ』のような映像化物語を生み出す原動力となっています。こうした〈ブルー・ハワイ〉のマトリクスは『ワイキキの結婚』以前からすでに存在していたのかもしれませんし、また『ブルー・ハワイ』以降も、さまざまな更新プロセスを経て変化しつづけているはずです。『ワイキキの結婚』も『ブルー・ハワイ』も、こうした物語のマトリクスからいくつかの共通要素を取り出すことでそれぞれ固有の物語として成立していますが、これを物語更新のプロセスに

よる物語の変化の過程ととらえることもできるでしょう。主題歌が継承されるという特殊な事象から浮かび上がる物語更新のありようは、そのような物語の関連性のネットワークにおける変化形のひとつなのです。

おわりに

　物語更新理論は、アダプテーションやリメイクなど原作（ソース・テクスト）からの更新が明確に認識可能な物語の作り変えだけでなく、通常はソース・テクストとの関係性が薄いとみなされる物語どうしについても、同一の物語のヴァリエーションとして説明が可能な更新関係の解明をその目的とする理論的体系です。物語更新のもっとも明白な事例は公式アダプテーションであることはいうまでもありません。アダプテーションをもっとも単純にメディアを越えた物語の作り変えと定義づけるなら、それは物語更新の現象そのものを指しているともいえるでしょう。しかしメディアを横断した物語の作り変えという定義づけは、ある意味では包括的なものでありながら、同時に何も定義づけていないともいえます。たとえば、上でもふれましたが、リメイクやリブート、あるいはリ・イマジネーションなど、さまざまに呼称される物語の作り直しという現象と、その受容と創造のプロセスを精密に考察するために、もはやアダプテーション理論では十分に対応しきれないのかもしれません。

リンダ・ハッチオンも『アダプテーションの理論』の中で確認しているように、アダプテーションのプロセスには、「パリンプセスト的インターテクスチュアリティ」がともなう、つまりアダプテーションと原作とは、羊皮紙に上書きされた字句のように、二重に受容される関係性にあると喝破したことをはじめにもふれましたね。アダプテーション理論は、この点からみれば、物語の受容／創作過程で作用するパリンプセスト的インターテクスチュアリティに注目することにより、アダプテーションやリメイクなどソース・テクストからの更新が明確に認識可能な物語の作り変えについては大いに有効な理論的ツールとなりえます。物語の作り変えのプロセスを確認しやすいのはアダプテーション作品の場合であることはいうまでもありませんから。それはもちろん、翻案者（＝原作の受容者／アダプテーションの創作者）がソース・テクストを受容し、それをもとに具体的創作が行われるという一連の物語更新の流れをつかみやすいからです。しかし、一見関係性が薄いとみなされる物語どうしについてはどうでしょうか。

　物語更新理論は、そうした広い意味での物語の作り変えを、体系的な受容と創造のプロセスに注目しながら、トランスメディア物語論や認知物語論の知見も積極的に取り入れながら、たとえ異なる物語であっても、同じ物語のヴァリエーションとして説明が可能な更新関係の解明をその目的とする理論なのです。物語更新は明白なアダプテーション関係に

ある物語にだけ起こるわけではありません。異なる物語間に生じる更新関係について考察を深めるためには、アダプテーションの定義をある意味柔軟に拡大し、かつ理論的プロセスを、物語内容／表現の両面から精緻に記述する必要があります。私と共同研究者は、この点に注目し、アダプテーションに代わる物語更新という概念を提案し、同時に物語更新理論の体系化を試みているのです。

物語更新理論がもっとも重要視しているのが、物語の記憶です。物語の記憶とはストーリーワールドの記憶にほかなりません。そしてそれはつねにメンタル・イメージとして、私たち物語の受容者／創造者の記憶の中で再活性化されるのです。私と共同研究者が提案する物語更新理論は、受容と創造のプロセスの中で無限に更新されていく物語からストーリーワールドを、そしてメンタル・イメージのありようを読み取っていきます。物語更新理論が対象とするのは、そうしたストーリーワールドとメンタル・イメージの絡み合いから抽出され、再活性化される、物語の受容と創造をめぐるさまざまな反復と変化なのです。

物語更新理論のポイントは、物語がストーリーワールドとして受容者の記憶に残り、さらにはストーリーワールドの記憶は物語のメンタル・イメージとして呼び出し可能だということです。受容者によるストーリーワールドの形成が、メンタル・イメージに集約されて受容者に記憶されることによって、物語更新の条件は整います。いっぽう、ストーリー

ワールドを形成する際にディスコース（物語言説）、つまり物語表現のメディア的特性もまたメンタル・イメージの一部として保存されます。物語テクストを受容するときにデコードの対象となるのは物語言説ですので、記憶されるメンタル・イメージに受容したメディア、小説、舞台、映画やコミック、ゲームそれぞれの物語表現的特質が投影されるのも当然のことです。

　ストーリーとディスコースとの関係性は物語更新のプロセスを考える際にとても重要であることを、最後にもういちど確認しておきたいと思います。できるだけ簡単にまとめましょう。私たちはディスコースとして物語を受容し、ストーリーへと変換しようとします。ただし変換されたストーリーはそのまま時系列的に記憶されるのではなく、あくまで時間と空間軸を備えたストーリーワールドとして記憶されるのです。物語を受容するということは、テクストとして提示されるディスコースを時系列、因果関係を問わず、何らかの意味ある関係にもとづくストーリーへと変換し、そしてそれをストーリーワールドとして定着させること、さらにそこから、その気になりさえすればいつでも、何度でも読み込める、つまり具体的に呼び出し可能なメンタル・イメージとして物語内容を再現可能な形で保存することにほかなりません。言い換えるなら、物語更新とはそのようにして読み込まれたストーリーを、新たなストーリーワールドとして再形成し、任意のメディアを用い、次の物語ディスコースへと組み上げて

いく創造的行為であるといってもいいでしょう。物語更新理論が更新された物語から読み取らなければならないのは、ストーリーワールドとメンタル・イメージの絡み合いから抽出される更新の痕跡であり、そこからみえてくる物語のマトリクスの存在を、その存続と変化、さらにはときに更新が古いマトリクスから新たなマトリクスを生み出すそのプロセスさえも含めて考察していくことが、物語論の実りある現在形のひとつなのです。

引用・参考文献リスト

1．ニックの帰る場所 ──『華麗なるギャツビー』

Fitzgerald, F. Scott (2000). *The Great Gatsby*. 1925. New York: Penguin.

The Great Gatsby (2006). Dir. Jack Clayton. Perf. Robert Redford, Mia Farrow, Bruce Dern, and Sam Waterston. 1974. Paramount. DVD.

--- (2014). Dir. Baz Luhrmann. Perf. Leonardo DiCaprio, Tobey Maguire, Carey Mulligan, and Joel Edgerton. 2013. Warner. DVD.

Grissom, Candace Ursula (2014). *Fitzgerald and Hemingway on Film: A Critical Study of the Adaptations, 1924-2013*. Jefferson: McFarland.

小野俊太郎 (2013).『「ギャツビー」がグレートな理由：映画と小説の完全ガイド』彩流社.

杉野健太郎 (2013).『交錯する映画 ── アニメ・映画・文学 ──』ミネルヴァ書房.

2．アダプテーション、リメイク、リニューアル ──『ロミオ×ジュリエット』

Bruhn, Jørgen, Anne Gjelsvik and Eirik Frisvold Hanssen, eds. (2013). *Adaptation Studies: New Challenges, New Directions*. London: Bloomsbury.

Carroll, Rachel (2009). "Affecting Fidelity: Adaptation, Fidelity and Affect in Todd Haynes's *Far From Heaven*," Carroll 34-45.

Carroll, Rachel, ed. (2009). *Adaptation in Contemporary Culture: Textual Infidelities*. New York: Continuum.

Chatman, Seymour (1978). *Story and Discourse: Narrative Structure in Fiction and Film*. Ithaca: Cornell UP.

Clark, Vivienne, Peter Jones, Bill Malyszko, and David Wharton (2007). *A-Z Media & Film Studies Handbook*. London: Hodder Arnold.

Forrest, Jennifer and Leonard R. Koos (2002). *Dead Ringers: The Remake in Theory and Practice*. Albany: State U of New York P.

Hutcheon, Linda (2006). *A Theory of Adaptation*. New York: Routledge.（片渕悦久，鴨川啓信，武田雅史訳 (2012)『アダプテーションの理論』晃洋書房).

Leitch, Thomas (2007). *Film Adaptation & Its Discontents*: *From* Gone with the Wind *to* The Passion of the Christ. Baltimore: Johns Hopkins UP.

片渕悦久 (2010).「バルコニーと若い恋人たち、あるいは物語更新論序説」『FILAMENT』34. 96-109.

『ロミオ×ジュリエット』(2007-08). 追崎史敏監督. ＤＶＤ. 全8巻. ウェルシンク．

『「ロミオ×ジュリエット」ビジュアルファンブック』(2008). 新紀元社編集部（編）. 新紀元社,

3．パロディと物語更新 ── 『スペースボール』

Brook, Vincent, ed. (2006). *You Should See Yourself: Jewish Identity in Postmodern American Culture*. New Brunswick: Rutgers UP.

Cohen, Sarah Blacher, ed. (1987). *Jewish Wry: Essays on Jewish Humor*. Bloomington: Indiana UP.

Desser, David and Lester D. Friedman (2004). *American Jewish Filmmakers*. 2nd. ed. Urbana: U of Illinois P.

Epstein, Lawrence J. (2001). *The Haunted Smile: The Story of Jewish Comedians in America*. New York: Public Affairs.

Harries, Dan (2000). *Film Parody*. London: British Film Institute.

Hutcheon, Linda (2000). *A Theory of Parody: The Teachings of Twentieth-Century Art Forms*. 1985. U of Illinois P.

Parish, James Robert (2007). *It's Good to Be the King: The Seriously Funny Life of Mel Brooks*. Hoboken: Wiley.

Pinsker, Sanford (1991). *The Schlemiel as Metaphor: Studies in Yid-*

dish and American Jewish Fiction. Rev. and enl. ed. Carbondale: Southern Illinois UP.

Spaceballs（2001）. Dir. and prod. Mel Brooks. Perf. Mel Brooks, John Candy, Rick Moranis, Bill Pullman, and Daphne Zuniga. Brooksfilm/ MGM. DVD. 20th Century Fox Home Entertainment.

Wisse, Ruth R.（1971）. *The Schlemiel as Modern Hero*. Chicago: U of Chicago P.

4．エイハブは死なず ── 『白鯨』と『白鯨との闘い』

Bruhn, Jørgen, Anne Gjelsvik and Eirik Reiavold Hanssen, eds.（2013）. *Adaptation Studies: New Challenges, New Directions*. London: Bloomsbury.

Bryant, John（2002）. *The Fluid Text: A Theory of Revision and Editing for Book and Screen*. Ann Arbor: U of Michigan P.

---（2013）. "Textual Identity and Adaptive Revision: Editing Adaptation as a Fluid Text." Bruhn 47-67.

In the Heart of the Sea（2016）. Dir. Ron Howard. Perf. Chris Hemsworth, Benjamin Walker, Tom Holland, Brendan Gleeson, and Ben Whishaw. 2015. Warner. DVD.

Melville, Herman（2003）. *Moby-Dick; or, The Whale*. 1851. New York: Penguin.

Philbrick, Nathaniel（2000）. *In the Heart of the Sea: The Tragedy of the Whaleship* Essex. New York: Viking.

---, and Thomas Philbrick, eds.（2000）. *The Loss of the Ship* Essex, *Sunk by a Whale*. London: Penguin.

---（2011）. *Why Read* Moby-Dick? New York: Penguin.

巽孝之（2005）.『白鯨　アメリカン・スタディーズ』みすず書房.

5．リメイクの諸相 ── 物語更新の境界領域

Carroll, Rachel, ed.（2009）. *Adaptation in Contemporary Culture: Textual Infidelities*. New York: Continuum.

---（2009）. "Affecting Fidelity: Adaptation, Fidelity and Affect in Todd Haynes's *Far From Heaven*." Carroll 34-45.

Chatman, Seymour（1978）. *Story and Discourse*: *Narrative Structure*

in Fiction and Film. Ithaca: Cornell UP.
Clark, Vivienne, Peter Jones, Bill Malyszko, and David Wharton (2007). *A-Z Media & Film Studies Handbook*. London: Hodder Arnold.
Hutcheon, Linda (2006, 13). *A Theory of Adaptation*. New York: Rougtledge.（片渕悦久、鴨川啓信、武田雅史訳『アダプテーションの理論』晃洋書房 ＊2006年初版の翻訳）

6．予型的なストーリーワールドの変換 ——『ウルトラマン Story 0』

Bernaerts, Lars, Dirk De Geest, Luc Herman, and Bart Vervaeck, eds. (2013). *Stories and Minds:Cognitive Approaches to Literary Narrative*. Lincoln: U of Nebraska P.
Hatavara, Mari, Matti Hyvärinen, Maria Mäkelä, and Frans Mäyrä, eds. (2016). *Narrative Theory, Literature, and New Media: Narrative Minds and Virtual Worlds*. New York: Routledge.
Herman, David (2009). *Basic Elements of Narrative*. Chichester: Wiley-Blackwell.
--- (2013). *Storytelling and the Sciences of Mind*. Cambridge: MIT.
Ryan, Marie-Laure and Jan-Noël Thon, eds. (2014). *Storyworlds across Media: Toward a Media-Conscious Narratology*. Lincoln: U of Nebraska P.
Thon, Jan-Noël (2016). *Transmedial Narratology and Contemporary Media Culture*. Lincoln: U of Nebraska P.
真船一雄 (2005-13).『ウルトラマンSTORY 0』. 監修円谷プロダクション. 全16巻. 講談社マガジンZKC.

7．メンタル・イメージとしてのボンドカー ——『007 カジノ・ロワイヤル』

Braunstein, Jacques (2017). *Stars & Cars: Mythical Pairings*. London: Aurum Press.
Casino Royale (2012). Dir. Martin Campbell. Screenplay by Neal Purvis, Robert Wade, and Paul Haggis. Prod. Michael G. Wilson and Barbara Broccoli. Perf. Daniel Craig, Eva Green, Mads Mikkelsen, and Judi Dench. 2006. MGM. DVD.

Goldfinger (2015). Dir. Guy Hamilton. Screenplay by Richard Maibaum and Paul Dehn. Prod. Harry
   Saltzman and Albert R. Broccoli. Perf. Sean Connery, Gert Frobe, and Shirley Eaton. 1964. MGM. DVD.
Cork, John, and Collin Stutz (2014). *James Bond Encyclopedia: Updated Edition*. New York: DK Publishing.
Field, Matthew, and Ajay Choudhury (2015). *Some Kind of Hero: The Remarkable Story of the James Bond Films*. Stroud: History Press.
Fleming, Ian (2012). *Casino Royale*. 1953. London: Vintage.
--- (2012). *Goldfinger*. 1959. London: Vintage.
Simpson, Paul (2015). *Bond vs. Bond: The Many Faces of 007*. New York: Race Point.

8. ゴーレム、スーパーヒーローになる ──『カヴァリエ＆クレイの驚くべき冒険』

Berger, Alan (2010). "Michael Chabon's *The Amazing Adventures of Kavalier & Clay*: The Return of the Golem." *Studies in American Jewish Culture*. 29: 80-89.
Bloch, Chayim (1997). *Golem: Legends of the Ghetto of Prague*. 1919. Whitefish; Kessinger.
Chabon, Michael (2000). *The Amazing Adventures of Kavalier & Clay*. New York: Random, 2000.
--- (2008). "Golems I Have Known, or, Why My Elder Son's Middle Name Is Napoleon." *Maps and Legends* 193-222.
--- (2008). *Maps and Legends: Reading and Writing along the Borderlines*. San Francisco: McSweeney's.
--- (2008). "The Recipe for Life." *Maps and Legends* 163-68.
Chute, Hillary (2008). "*Ragtime*, *Kavalier & Clay*, and the Framing of Comics." *Modern Fiction Studies* 54.2: 268-301.
Fingeroth, Danny (2007). *Disguised as Clark Kent: Jews, Comics, and the Creation of the Superhero*. New York: Continuum.
Gelbin, Cathy S. (2011). *The Golem Returns: From German Romantic Literature to Global Jewish Culture, 1808-2008*. Ann Arbor: U

of Michigan P.
Meyers, Helene (2010). *Reading Michael Chabon*. Santa Barbara: Greenwood.
Packer, Sharon (2010). *Superheroes and Superegos: Analyzing the Minds behind the Masks*. Santa Barbara: ABC-Clio.
Scholem, Gershom (1978). *Kabbalah*. 1974. New York: Meridian.
Simon, Joe and Jack Kirby (1998). *Captain America: The Classic Years*. 1941. New York: Marvel Comics.
Weinstein, Simcha (2006). *Up, Up, and Oy Vey!: How Jewish History, Culture, and Values Shaped the Comic Book Superhero*. Baltimore: Leviathan.
箱崎総一 (2000). 『カバラ——ユダヤ神秘思想の系譜』青土社.

9．拡大する／補完されるストーリーワールド ——『機動戦士ガンダム THE ORIGIN』

Carroll, Rachel, ed. (2009). *Adaptation in Contemporary Culture: Textual Infidelities*. New York: Continuum.
--- (2009). "Affecting Fidelity: Adaptation, Fidelity and Affect in Todd Haynes' *Far From Heaven*." Carroll 34-45.
Chatman, Seymour (1978). *Story and Discourse: Narrative Structure in Fiction and Film*. Ithaca: Cornell UP.
Herman, David, Manfred Jahn and Mari-Laure Ryan, eds. (2005). *Routledge Encyclopedia of Narrative Theory*. London: Routledge.
Hutcheon, Linda (2006). *A Theory of Adaptation*. New York: Routledge.（片渕悦久、鴨川啓信、武田雅史訳『アダプテーションの理論』晃洋書房、2012年. ＊2006年初版の翻訳）
Ryan, Marie-Laure and Jan-Noël Thorn, eds. (2014). *Storyworlds across Media: Toward a Media-Conscious Narratology*. Lincoln: U of Nebraska P.
安彦良和.『機動戦士ガンダム THE ORIGIN』(2005). 第9巻. 角川コミックス・エース　角川書店.
『機動戦士ガンダム THE ORIGIN I 青い瞳のキャスバル』(2015). 安彦良和総監督　今西隆志監督　隅沢克之脚本　ＢＤ　バンダイビジュアル.

10. 更新されるスーパーヒーロー ──『マグマ大使』

Morris, Nicola (2007). *The Golem in Jewish American Literature: Risks and Responsibilities in the Fiction of Thane Rosenbaum, Nomi Eve and Steve Stern.* New York: Lang.
Rosenberg, Yudl (2007). *The Golem and the Wonderous Deeds of the Maharal of Prague.* Ed. and Trans. Curt Leviant. New Haven: Yale UP.
Rosten, Leo (2001). *The New Joys of Yiddish.* New York: Crown.
Scholem, Gershom (1978). *Kabbalah.* 1974. New York: Meridian.
小野俊太郎 (2010).『大魔神の精神史』角川 one テーマ 21.
金森修 (2010).『ゴーレムの生命論』平凡社新書.
鷺巣富雄 (1999). (監修)『マグマ大使パーフェクトブック』白夜書房.
田近伸和 (1999).『未来のアトム』アスキー.
チャペック、カレル (1992).『R. U. R. ロボット　カレル・チャペック戯曲集Ⅰ』十月社.
手塚治虫 (2011).『マグマ大使』講談社 (手塚治虫文庫).
--- (1973).『マグマ大使』秋田書店 (サンデーコミックス).
箱崎総一 (2000).『カバラ──ユダヤ神秘思想の系譜』青土社.
『ぼくらが大好きだった特撮ヒーロー BEST マガジン』(2005). 第1巻　講談社.
『マグマ大使』(2009). DVDボックス. 東急エージェンシー、ピー・プロダクション、フジテレビ. 1966-67年. キングレコード.

11. 物語更新は作者をどう投影（プロジェクト）するか ──『エブリシング・イズ・イルミネイテッド』

Foer, Jonathan Safran (2002). *Everything Is Illuminated.* Boston: Houghton.
--- (2008). *The Project Museum.* 27 December 2008 <http://www.jonathansafranfoer.com/>.
Gaggi, Silvio (1997). *From Text to Hypertext: Decentering the Subject in Fiction, Film, the Visual Arts, and Electronic Media.* Philadelphia: U of Pennsylvania P.
Hutcheon, Linda (2006). *A Theory of Adaptation.* New York: Routledge.

Leitch, Thomas (2007). *Film Adaptation and Its Discontents: From Gone with the Wind to The Passion of the Christ*. Baltimore: Johns Hopkins UP.

Looy, Jan Van and Jan Baetens, eds. (2003). *Close Reading New Media: Analyzing Electronic Literature*. Leuven: Leuven UP.

Post, Jack (2003). "Requiem for a Reader?: A Semiotic Approach to Reader and Text in Electronic Literature." Looy 123-40.

Ryan, Marie-Laure (2001). *Narrative as Virtual Reality: Immersion and Interactivity in Literature and Electronic Media*. Baltimore: Johns Hopkins UP.

Safer, Elaine (2006). "Illuminating the Ineffable: Jonathan Safran Foer's Novels." *Studies in American Jewish Literature* 25: 112-32.

Schreiber, Liev, dir. (2006). *Everything Is Illuminated*. 2005. DVD. Warner, 2006.

12. デコード／エンコードのプロセスについての覚書 ──『おそ松くん』と『おそ松さん』

Hatavara, Mari, Matti Hyvärinen, Maria Mäkelä, and Frans Mäyrä, eds. (2016). *Narrative Theory, Literature, and New Media: Narrative Minds and Virtual Worlds*. New York: Routledge.

Herman, David, Manfred Jahn and Marie-Laure Ryan, eds. (2005). *Routledge Encyclopedia of Narrative Theory*. London: Routledge.

--- (2009). *Basic Elements of Narrative*. Oxford: Blackwell.

---, ed. (2003). *Narrative Theory and the Cognitive Sciences*. Stanford: CSLI.

--- (2009). "Editor's Column: The Scope and Aims of *Storyworlds*." *Storyworlds: A Journal of Narrative Studies* 1.1: vii-x.

--- (2002). *Story Logic: Problems and Possibilities of Narrative*. Lincoln: U of Nebraska P.

Ryan, Marie-Laure (2006). *Avatars of Story*. Minneapolis: U of Minnesota P.

--- (2003). "Cognitive Maps and the Construction of Narrative Space." Herman (2003) 214-42.

---, ed. (2004). *Narrative across Media: The Languages of Storytelling*.

Lincoln: U of Nebraska P.

---, and Jan-Noël Thon, eds.(2014). *Storyworlds across Media: Toward a Media-Conscious Narratology*. Lincoln: U of Nebraska P.

---(2016). "Texts, Worlds, Stories: Narrative Worlds as Cognitive and Ontological Concept." Hatavara (2016) 11-28.

赤塚不二夫 (2005).『おそ松くん』第15巻　竹書房文庫.

「チビ太の花のいのち」(2016).『おそ松さん』第5巻. 藤田陽一監督. Blu-ray.

13. カヴァー曲とストーリーワールドの継承／共有 ──『ワイキキの結婚』から『ブルー・ハワイ』へ

Blue Hawaii(2010). Dir. Norman Taurog. Prod. Hal Wallis. Perf. Elvis Presley, Joan Blackman, and Angela Lansbury. 1961. Paramount. DVD.

Doll, Susan (2009). *Elvis for Dummies*. Hoboken: Wiley Publishing.

Hatavara, Mari, Matti Hyvärinen, Maria Mäkelä, and Frans Mäyrä, eds.(2016). *Narrative Theory, Literature, and New Media: Narrative Minds and Virtual Worlds*. New York: Routledge.

Hopkins, Jerry (2002). *Elvis in Hawai'i*. Honolulu: Bess Press.

Hutcheon, Linda and Siobhan O'Flynn (2012). *A Theory of Adaptation*. 2nd. ed. New York: Routledge.

Kanahele, George, ed.(2012). *Hawaiian Music & Musicians: An Encyclopedic History*. Honolulu:Mutual Publishing.

Katafuchi, Nobuhisa, Hironobu Kamogawa, and Masafumi Takeda (2017). "Toward a Theory of Narrative Renewal: Mental Image, Storyworld, and the Process of Decoding/Encoding." TS.

Lisanti, Thomas (2005). *Hollywood Surf and Beach Movies: The First Wave, 1959-1969*. Jefferson: McFarland.

Okihiro, Gary Y.(2008). *Island World: A History of Hawai'i and the United States*. Berkeley: U of California P.

Rampell, Ed and Luis I. Reyes (2013). *The Hawai'i Movie and Television Book: Celebrating 100 Years of Film Production throughout the Hawaiian Islands*. Honolulu: Mutual Publishing.

Reyes, Luis I.(1995). *Made in Paradise: Hollywood's Films of Hawai* 'i and the South Seas. Honolulu: Mutual Publishing.

Ryan, Marie-Laure (2006). *Avatars of Story*. Minneapolis: U of Minnesota P.

--- (2014). "Story/Worlds/Media: Tuning the Instruments of a Media-Conscious Narratology." Ryan *Storyworlds* 25-49.

---, and Jan-Noël Thon, eds. (2014). *Storyworlds across Media: Toward a Media-Conscious Narratology*. Lincoln: U of Nebraska P.

--- (2016). "Texts, Worlds, Stories: Narrative Worlds as Cognitive and Ontological Concept." Hatavara 11-28.

Victor, Adam (2008). *The Elvis Encyclopedia*. New York: Overlook Duckworth.

Waikiki Wedding (2011). Dir. Frank Tuttle. Perf. Bing Crosby, Bob Burns, Martha Raye, and Shirley Ross. 1937. Universal. DVD.

Wood, Houston (1999). *Displacing Natives: The Rhetorical Production of Hawai 'i*. Lanham: Rowman.

Worth, Fred L. and Steve D. Tamerius (1990). *Elvis: His Life from A to Z*. New York: Wings Books.

片渕悦久（かたふち のぶひさ）

　大阪大学大学院文学研究科教授。1965 年、佐賀県唐津市生まれ。佐賀県立唐津東高等学校、佐賀大学教育学部卒業。大阪大学大学院文学研究科博士課程単位取得退学。博士（文学）（大阪大学、2007 年）。専門は、アメリカ文学（ユダヤ系小説）、アダプテーション研究、物語更新理論。

　主要業績：『ソール・ベローの物語意識』（晃洋書房、2007 年）、ラーラ・ヴァプニャール『うちにユダヤ人がいます』（翻訳、朝日出版社、2008 年）、リンダ・ハッチオン『アダプテーションの理論』（共訳、晃洋書房、2012 年）、『物語更新論入門（改訂版）』（学術研究出版／ブックウェイ、2017 年）など。

物語更新理論　実践編
Narrative Renewal Theory: A Practice

2018年3月30日　発行

著　者　片渕悦久
発行所　学術研究出版／ブックウェイ
〒670-0933　姫路市平野町62
TEL.079 (222) 5372　FAX.079 (244) 1482
https://bookway.jp
印刷所　小野高速印刷株式会社
©Nobuhisa Katafuchi 2018, Printed in Japan
ISBN978-4-86584-316-3

乱丁本・落丁本は送料小社負担でお取り換えいたします。

本書のコピー、スキャン、デジタル化等の無断複製は著作権法上での例外を除き禁じられています。本書を代行業者等の第三者に依頼してスキャンやデジタル化することは、たとえ個人や家庭内の利用でも一切認められておりません。